The Frindle Files

粉靈豆祕密檔案

文◎安德魯・克萊門斯
譯◎劉嘉路
圖◎唐唐

目錄

安德魯，謝謝你！

來自貝琪、查爾斯、喬治、

奈特，以及約翰的感謝

十七、剔除不必要的字詞

有力的寫作要簡潔。一個句子不該有多餘的用字，一段話也不該有多餘的句子；就像一幅畫也不該有多餘的筆觸，而一部機器不該有多餘的零件那樣。這不是說，作者只能寫短句子或避免寫出細節，或者是畫家只能畫出物體的輪廓，而是要說，每個字都有力量。

——威廉・史壯克二世和 E. B. 懷特

《英文寫作聖經》（*The Elements of Style*）第四版

簡潔比複雜好，

複雜比艱澀好。

平鋪比堆疊好。

勻散比密實好。

可讀性才是王道。

——提姆．彼得斯《Python 之禪》

1 二十七萬個搜尋結果

關於寫作業這件事，喬許・魏立特唯一喜歡的部分是自己很快就能找出回家作業。他只需要打開筆記電腦，進入學校網站，點開「六年級回家作業」的入口連結就行了。這學年剛開始的時候，他就把連結存進瀏覽器的書籤了。

喬許靠這方法快速做完回家作業後，就可以回到自己最關心的事情上——例如解決一個新出現的程式設計問題、進行新的動畫研究專題，或是寫自己想開發的線上遊戲的動作序列。喬許永遠沒有閒下來的時候，腦袋裡老是在發想新的計畫，而這些事情，往往都跟電腦有關。

九月中某個星期一傍晚，喬許坐在廚房餐桌旁寫作業，他的眼睛沒有離開過螢幕，手指也始終在鍵盤上移動著。不到二十分鐘，他寫完了數學、自然及社會作業，其中還包括了他把每項完成的作業上傳到學校網站的時間。

接下來，他點開了英文課的網頁連結。

電腦螢幕上出現了一個手寫的筆記照片：

星期二要交的回家作業

請描述一樣你覺得很美麗的事物。

敘述內容至少要有一百個字。請不要使用陳腔濫調，也請記住《英文寫作聖經》第七十頁的建議：「文字要發自你內心的感受。」

請用藍色或黑色的原子筆，把功課謄寫在橫線筆記紙上，星期二上課時交。跟往常一樣，整潔的作業很重要。

尼克老師

這項作業得寫出至少一百字，加上「一定」要手寫，跟「整潔的作業很重要」等麻煩的規定，讓喬許整張臉垮下來，討厭得牙癢癢的。這種作業原本只要花十分鐘就可以完成：把文字打出來、格式弄好、檢查有沒有錯字、上傳到網站，然後**咻的一下**！大功告成。

想到英文課的回家作業必須用原子筆寫在**紙張**上，讓喬許不只覺得討厭、速度慢，還完全沒有意義可言——更別提有多不環保了。尼克老師怎麼什麼事都不懂呢？

尼克老師人不壞，也講道理，只是他讓人感覺非常跟不上時代，也很呆板無趣，只有穿著例外。

他至少有十件夏威夷花襯衫吧。他每天都穿這種襯衫來上課，下身搭配衝浪短褲、健行襪和涼鞋。只有在室外溫度低於攝氏十八度的時候，他才會穿上工作褲。他那頭深紅色頭髮永遠沒有整齊的一刻，騎腳踏車來學校時，頭髮更是這裡翹、那裡歪的。有時候，尼克老師的臉看起來像是想要試著在嘴唇上方留短短的鬍鬚，或是想留在下巴；有時又讓人覺得他根本就是想留滿臉的鬍子！在南加州這裡，多數人的穿著都很隨性，但是在克拉拉遠景中學呢？尼克老師每天的穿著都可以贏得「最糟糕服裝儀容」獎。

不過，尼克老師最遜的一點是什麼呢？他是全校唯一不讓學生在課堂上使用筆記電腦的老師。他說，學校沒有規定他不能這麼做。為了確定老師說的是不是真的，喬許在收到第一項回家作業後，立刻上網查了學校規則。

喬許也不確定尼克老師到底有沒有電腦。有傳言說，尼克老師曾經跟歐圖加校長大吵一架，因為他要尼克老師把回家作業傳到學校網站上。尼克老師告訴校長，他把回家作業寫在教室黑板上就已經夠了，他所謂的「黑板」甚至不是其他老師用的那種互動式智慧白板喔，差得遠了。尼克老師把一個傳統黑板裝上輪子，好讓自己可以推著它在教室裡移動。教室裡有一個白板，不過尼克老師用一張介紹英文詞性的巨大海報把它整個蓋起來。

至於他那本看來可憐兮兮的文法小書《英文寫作聖經》呢？那看起來至少有一百年那麼舊。

尼克老師幾乎每一天都會要全班學生把這本書翻到某一頁，再叫某個倒楣的學生站起來，把上面的文字朗讀出來。如果有誰忘記帶課本，他的成績簿上就會被劃上一個紅色記號，等累積到三個紅色記號，整學期的成績就會被扣五分。

古董級的課本、破舊的黑板，以及在紙上寫字，尼克老師的課讓人感覺像是被困在一個壞掉的時光機器裡面……應該說，被困在一個**浪費**時間的機器裡更為傳神。喬許感到很洩氣，他希望尼克老師能注意到他的學生實際上是活在什麼樣的世界裡。

不過，一直抱怨也同樣是在浪費時間，因此喬許還是在筆記電腦上打開了新文件。

儘管喬許必須用手寫的方式完成作業，他還是習慣先在電腦上把草稿打出來，就跟任何一個活在二十一世紀的正常人一樣。

美麗的事物啊⋯⋯

喬許盯著螢幕上的空白文件，看著游標一閃一閃的。他想不到任何點子，連爛點子也想不出來。

不過，當他注視著不斷閃呀閃的游標時，發現游標肯定是每一秒出現一次——半秒亮，半秒暗。他打開 iPhone 裡的碼表應用程式，做了快速測試。

沒錯，一秒閃一次。

喬許知道原因。

游標一秒閃一次，是因為這筆記電腦裡面裝了一列或兩列的程式碼。某個程式設計師把程式碼寫出來，告訴電腦該做什麼事情；電腦沒有其他的選擇，因此會乖乖執行。好的程式碼就像是一套牢不可破的規則。如果程式設計師把所有事情都做對了，這程式碼就會不斷的運作，而且運作得**很完美**，甚至可以永遠運作下去⋯⋯

這就是我要寫的東西！

幾個小時之前，喬許在放學後的程式設計社團裡，寫出了一個完美的 Python 迴圈陳述——這個指令序列會不斷的重複，直到完成一個特定的目標為止。那迴圈**美麗極了！**想到這裡，喬許的心裡湧出一大堆的文字，手指開始在鍵盤上俐落敲打著。六、七分鐘之後，文件下方的計數器顯示他已經打了一百三十六個字，作業一下子就搞定了。

經過快速檢查一遍之後，喬許開始把作業整齊寫在一張筆記紙上。喬許知道自己的字歪歪扭扭，不過他沒有寫錯字，每個句子也很有道理。整張紙看起來乾淨有條理，每一個字都是用藍色原子筆一字接一字的寫在紙上。

當喬許只剩下最後四句話要抄到紙上的時候，災難發生了。原子筆頓了一下，下一筆劃過去的部分幾乎弄破了紙張——原子筆沒水了。

喬許甩了甩筆再試一次。什麼都沒有寫出來。

他拿著筆在餐桌邊緣用力敲了敲，也沒有任何幫助，只好在後背包裡翻找一陣，找出了兩枝筆。

他先拿一枝筆在一張廢紙上測試，出來的墨水是黑色的。

他再試第二枝筆，同樣是黑色墨水。他需要藍色墨水才能和前面寫的字顏色一致，這可是有整潔癖的尼克老師規定的呢。

我想，我還是可以用黑色的筆重寫一次吧……？

喬許突然出聲大喊：「**媽——？**」

「我在這裡，小聲點，你爸正在哄蘇菲睡覺。」

喬許衝過走廊，跑進起居室裡。他說：「我需要一枝藍色墨水的筆，要寫完尼克老師的作業。」

「你去我書桌的中間抽屜裡找一找。」

喬許打開抽屜，試了第一枝筆……墨水是藍色的。

「我找到了，謝啦！」

喬許回到餐桌旁坐下來，正要繼續動筆時，注意到手上這枝筆印了一個單字，是粗體字：

FRINDLE

他以前從來沒見過這個單字，這引起了他的好奇心。喬許接著做了任何一個生活在網路時代的人都會做的事：他在瀏覽器上搜尋這個單字——frindle（粉靈豆）。接著，他按下輸入鍵。

媽呀，有二十七萬個搜尋結果？

喬許點開幾個連結，接著再打開幾張搜尋到的圖片，數量**有夠多**。第一張圖片是某個小孩在電視脫口秀中微笑看著攝影鏡頭，手裡拿著一枝筆。電腦螢幕下半部的另一張圖片裡，喬許看到了一枝筆的特寫，那枝筆就跟他媽媽這枝筆**一模一樣**！

他又衝回起居室裡。

「媽，你這枝筆是哪裡來的啊？」

他媽媽看了看筆，笑著說：「我小學六年級就有這枝筆了。那時候，我們學校裡的每個人開始把原子筆叫成 frindle。等到文具店開始賣這種筆的時候，我買了兩枝，我每個朋友也都有買。這有段時間很流行呢。」

「我可以用這枝筆來寫完我的作業嗎？」

「沒問題呀，但是寫完之後請放回去。將來有一天它可能會變成收藏品呢。」

喬許跑回餐桌旁繼續完成作業，一邊寫一邊搖著這枝古早的筆。三分鐘之後，他寫完了最後的部分；儘管墨水的顏色跟前面的不太一致，至少還是藍色的。

他把原子筆放回抽屜之後，又坐回筆記電腦前，螢幕上仍然顯示著先前搜尋的結果。喬許點開了電視脫口秀中拿著筆的男孩的照片。放大後的照片讓他可以仔細觀察這個男孩——紅髮、眼鏡、雀斑和開朗的笑容。

喬許讀著照片下方的字：**尼克・艾倫，十一歲，單字 frindle 的發明人**。

他輕聲說：「好酷唷。」他對這個跟自己同年紀的小孩竟然能發明出東西，感到很佩服。

他仔細看著男孩的臉，接著把身體更靠近螢幕一些，目光仍然盯著男孩不放。

他輕聲說著：「不會吧！」

喬許往回點開回家作業的網頁，再往回點開學校的網頁。他持續點開一個又一個連結，直到電腦螢幕上出現第二張照片；接著，他把兩張照片並排在一起——男孩的照片在左邊，新照片在右邊。

這一刻，喬許幾乎忘了要呼吸。左邊照片中的孩子十一歲，而右邊的男子至少有三十歲了，不過喬許很肯定自己看到的是同一個人的兩張照片。

右邊照片中的人，竟然是他的英文老師尼克先生，也就是艾倫・尼克老師。

2 二分法問題

喬許非常喜歡寫電腦程式，因為電腦需要一切都很完美。針對像是「這個程式能不能運作？」的問題，答案只有**能**或**不能**，絕對不可能冒出「**也許**」這種答案。

他也喜歡電腦透過二元編碼進行每一秒鐘數十億個準確的計算。二元編碼就是這麼簡單，只有0和1的組合。這些0跟1就像是電腦裡的超迷你開關，這些開關只有**開**或**關**的選項，就跟**能**和**不能**一樣。絕不會有**也許**的選項。

因此當喬許要解決一個問題的時候，通常會試著把問題想成二分法，也就是把問題簡單化：一個問題只會有兩個可能的答案，像是對或錯、是或不是。

星期二早上在學校，喬許想找出這個二分法問題的答案：

尼克老師和尼克．艾倫，**是同一個人**，**還是不同人？**

前一晚，喬許開始懷疑自己搜尋尼克老師所得到的結果，或許一切只是巧合而已。為了排除這個不確定性，他做了更多的查證，也把自己發現的結果小心保存下來。

喬許之前就已經把拿著 frindle 的男孩照片、尼克老師的照片，以及一枝 frindle 筆的圖抓到電腦桌面上。他再次觀察這兩人的照片好一會時間，之後在這男孩的故鄉發行的《西田報》中，找到了一篇關於尼克．艾倫和 frindle 的舊報導。接著，他又找到一篇關於尼克的五年級英文老師葛蘭潔小姐的報導。第三篇報導則是關於一個叫巴德．羅倫斯的人，他成立了一間公司把 frindle 筆賣到全國各地去。喬許手邊有這麼多電腦連結可以好好探索，在短短半小時內，他已經複製了五十多張不同的照片、新聞報導，以及文件放到電腦桌面上。

喬許其實有兩個桌面，一個是他電腦螢幕上的數位桌面，另一個則是他臥房裡書桌上的實體桌面——那書桌的桌面簡直就是災難現場。書桌上除了擺滿各種紙張、筆記本、原子筆和鉛筆以外，還有程式設計的書、手冊、用過的練習本、一張今年在學校拍的大頭照、他爸爸的舊計算機、一張塑膠流程圖、至少十二張隨意亂放的黃色便利貼之外，還要加上兩個壞掉的硬碟、一捆電纜線和充電線，以及一個他拿到十二歲生日禮物 iPhone 之後就沒再用過的照相機。喬許的爸媽付了買這新手機的一半費用，喬許自己拿出四年級開始存下來的錢付另一半費用。

雖然喬許房裡的書桌桌面已經凌亂了幾年，但他的電腦桌面卻完全不是這樣呢，因為他每天至少會清理一次。他的筆記電腦裡存了好幾千個照片、回家作業、應用程式、各種文件、程式，以及研究專題的檔案，這些資料全都存放在個別寫上名稱、類別的資料夾裡面。如果他的電腦桌面變得凌亂或太過擁擠，也算不上什麼大問題，他只要用滑鼠點幾下就解決了。

星期一晚上，喬許把自己找到的一堆JPG檔、WORD檔及PDF檔都移進一個新資料夾，電腦螢幕又變得整齊清爽了。他笑著在鍵盤上輸進資料夾名稱「Frindle祕密檔案」，聽起來就像是一個關於祕密調查，或是關於外星機器人科幻驚悚片的網飛影集。

這個資料夾裡面有五十三個檔案，可惜卻沒幾個檔案跟那個叫尼克・艾倫的男孩有關。喬許查出了許多關於frindle這單字是怎麼樣被創造出來的、這個字是如何散播到全國各地、從緬因州到夏威夷的老師們是如何試著阻止孩子不去使用這個字，以及上百萬的人又是用什麼方式買到了frindle的原子筆、T恤及棒球帽。

要在網路上找到尼克・艾倫的資料很簡單。喬許先從新罕布夏州的西田鎮開始，最後一路搜尋到麻薩諸塞大學的學院。喬許甚至找到了學生報上有一篇關於尼克的頭條報導：**阿默斯特分校新鮮人創造了Frindle**。但是在大學之後呢？一片空白，喬許找不到任何資料。尼克．艾倫彷彿躲入森林裡隱居那樣消失不見，或是被外星機器人綁架了。

關於尼克老師的部分，喬許只找到了三個看起來似乎值得保留的資料：學校網站上的照片、《克拉拉遠景禿鷹報》中一篇四年前介紹新進教師的報導，以及一篇關於他和妻子和他們剛出生的女兒的簡短報導。其他資料多數都是關於尼克老師這幾年在學校教書的事情。

喬許也整理出一個粗略的時間線：尼克．艾倫在二〇〇九年從大學畢業了，整個人就此消失；**八年之後**，加州的克拉拉遠景中學突然冒出了一位艾倫．尼克老師！整件事簡直就是一個謎團，因此他覺得自己為這資料夾取的名字，再適合不過了。

不過喬許也明白，除非自己能夠**證明**男孩尼克．艾倫和尼克老師是**同一個人**，否則這些所有數位資訊就沒有任何意義。等到星期一晚上該睡覺的時候，他已經想出了一個計畫，要在隔天早上到學校後繼續調查——算是實地勘查吧。

星期二上完第一堂體育課後，喬許急忙提早回到教室等上英文課。他的手機裡留有尼克・艾倫在電視上舉著 frindle 筆的照片，他想拿照片和尼克老師本人做比對。

他走進一一三號教室，坐在自己座位上，瞄了一下手機。接下來，喬許開始觀察坐在書桌旁的尼克老師，他正一邊看著《英文寫作聖經》平裝書，一邊做筆記。

尼克老師的髮色和眼睛跟那男孩相同，鼻子和嘴巴的形狀也一樣，兩個人都戴著圓框眼鏡。當然了，他們的名字也明顯的相似……事實上，也太相似了吧！如果一個叫做尼克・艾倫的人想要改名字，為什麼只選擇把名字前後調換而已？這樣看起來很蠢，而喬許知道尼克老師是個聰明人。

撇開他們相似的外表和名字，喬許體內的「電腦程式設計魂」需要一個清楚完美的二分法分類：他們是**同一個人**，還是**不同人**？因此他正等待著適當的時機，來執行自己的計畫。

就在八點二十三分，喬許走到教室前方角落的書櫃前。尼克老師總是不斷告訴學生，多讀好書可以如何幫助他們寫出更好的文章，以及他書架上的書是如何多到要滿出來等等的事。喬許抽出了一本《永遠的狄家》(*Tuck Everlasting*)，站在一旁假裝在讀封底上的字。他覺得自己簡直像是一個在監視人的偵探。

一分鐘後，尼克老師起身，走到教室外的走廊上，站在教室門口旁，這是他上課之前的習慣。

喬許又等了三十九秒才把書放回書架，朝自己的位置走回去；不過他經過尼克老師的書桌旁時，從口袋抽出某樣東西，塞進尼克老師的《英文寫作聖經》書本底下。

當上課鈴聲響起，尼克剛好走到自己的座位。他拿出回家作業，也就是寫有兩種不同藍色墨水筆跡的那份，再找出自己那本《英文寫作聖經》，來證明自己的確有帶書來上課。他還在背包裡找出一枝全新的鉛筆及一張紙，等會上課就可以做筆記。

接下來，喬許只希望自己有一百個小任務等著完成，才能讓自己在接下來的五十三分鐘保持忙碌；只有這樣他才可能看起來像是一個普通的學生，正在英文課堂上專心聽講——至少讓他外表看起來既不緊張，也不焦慮，或是異常的興奮。

原來，這全是因為喬許剛剛設下了一個陷阱。

他先前用一枝超細的黑色麥克筆，在一枝普通的白色塑膠原子筆上，寫下粗黑字體的 **FRINDLE** 字樣。而那枝筆此刻就在前面的教師書桌上，等著尼克老師發現。等到尼克老師注意到這枝筆的時候，喬許會仔細觀察他的反應。

尼克·艾倫和尼克老師要嘛是**完全相同**，要嘛就是**兩個不同**——不是同一人，就是不同人——這個二分法問題的答案即將揭曉。很快就會知道了。

3 答案

喬許的陷阱並沒有發揮作用。尼克老師整堂課根本沒有靠近他的書桌，眼看著這堂英文課就快要結束了。

學生們之前就已經在學副詞，這還只是問題的一部分，另一個部分就得回到尼克老師身上。尼克老師整堂課都在教室裡走動，上課時也拚命想搞笑，一旦他決定這麼做，幾乎沒有什麼事可以讓他改變心意。

他此刻站在窗戶附近的黑板旁邊，說話的同時，也在黑板上寫下隨意的單字。

「副詞非常有用，但是也可能很危險。有**多麼**危險呢？非常的危險。這危險可是沒完沒了，危險到嚇死人了。那麼，副詞**什麼時候**才會變得危險呢？三不五時都會。它昨天很危險，事實上，現在也很危險。那麼，它**在哪裡**會變得危險呢？它在這裡、那裡和任何地方都可能變危險。不管是在裡面、外面、樓上都……」

喬許必須採取一些行動了。尼克老師今天遲早會發現那枝手工製的 frindle 原子筆，但是除非喬許在教室裡親眼看到老師的反應，否則這個陷阱就沒有多大的意義——而他也就無法得知問題的答案。

一定有什麼辦法可以……

說時遲那時快，他想到了一個辦法。

尼克老師不喜歡有人插嘴，不過喬許還是舉起了手。他等啊，等啊。

尼克老師終於朝他點了點頭，喬許開口問道：「《英文寫作聖經》裡面，有任何地方談到副詞嗎？」

對於喬許提出的問題，尼克老師顯得非常開心，這讓喬許有點擔心老師可能會想要跳個舞。尼克老師是那種一旦覺得興致來了，有時就會直接跳舞的人。這學期開始還不到一個月，他已經在上課的時候跳了兩次舞，每一次都讓學生尷尬到不行——只有他自己不這麼覺得。

「這問題**太棒了**，喬許，答案是**有的**！在這本書最後一章，E. B. 懷特對於如何使用副詞，有各種很好的建議。事實上，我最喜歡的可能是第四條規則，我認為第十一個規則也很不錯。」

接著，尼克老師快步走到書桌旁，伸手拿起書桌上那本小書。當他把書拿起來的時候，喬許自製的 frindle 筆掉到地板上。

原子筆朝著坐在前排的學生滾過去幾公尺，不過就算尼克老師看到了，也決定先忽略不管。他翻找著書頁，然後開始唸出有關副詞的部分。

喬許一個字都沒聽進耳朵裡，因為他很努力的不要讓自己去看地板，同時也在心裡大喊著：**把筆撿起來！現在就撿起來！**

沉默的叫喊並不管用。

尼克老師唸完之後，轉頭看向時鐘。「好了，我已經設法在五十二分鐘之內，好好的介紹了副詞這個部分。如果你們還沒有把回家作業交上來，請在離開教室之前，把它放到我的桌子上。」

凡妮莎．艾姆斯拿出回家作業，站起來準備將作業放到桌子上。喬許眼睜睜看著她彎下腰，撿起掉在地上的原子筆，交還給尼克老師。

「這枝筆從你的桌上掉下來了。」

尼克老師笑了笑，說：「謝謝。」

喬許看見尼克老師仔細看著那枝筆，也看到他的目光集中在那個單字上。尼克老師臉上的表情先是認出了筆，接著是感到困惑，然後又變得像是害怕，他的反應出乎喬許的預料。

接著很快的，尼克老師的表情變回彷彿什麼事都沒發生過一樣。他臉上害怕的神情一下就消失了，然後把那枝原子筆塞進他的短褲口袋裡。

儘管如此，有件事肯定發生了。當尼克老師看向教室四周時，喬許覺得自己看到他眼睛裡一閃而逝的銳利目光。

喬許轉頭過去，試著不要笑出來。當他把全部的心思和精力集中在整理書桌，以及把東西放進背包的時候，很努力的不讓自己的臉洩漏任何情緒。不過他把回家作業放在尼克老師的桌上時，還是冒險看了老師一眼。

喬許那一眼把自己從勝利的高點，推落到不安與尷尬的位置。他發現尼克老師知道了一些事。來這裡上第二節課的二十三位學生中，有一**個孩子**把那枝筆放到他的桌上，意思就是有一**個孩子**知道他和 frindle 有關。

現在換成尼克老師要找出這個學生了。

下課鐘聲響起，喬許走出教室要去上數學課的時候，努力表現出輕鬆自在的樣子。

等他走到走廊底，轉過角落的時候，才敢真正放鬆下來。

關於「尼克·艾倫和艾倫·尼克老師是不是同一個人？」這個二分法問題，他臉上露著大大的笑容，在心裡大聲喊出答案：

是！

4 這枝筆有鬼？

下課之後，凡妮莎．艾姆斯在走廊上趕上了喬許。「嘿，剛才是不是只有我一個人看見尼克老師的表情很驚慌啊？」她說。

喬許聽了差一點摔跤。「你在說什麼啊？」

「尼克老師的表情啊。當我把那枝筆還給他的時候，他看起來嚇了一跳。我的意思是，他的眼睛沒有瞪大或開始大叫，但是有那麼半秒，他看起來像是見到了鬼一樣，簡直就是奈米等級的驚慌。你也看到了嗎？」

喬許其實並不意外凡妮莎會注意到尼克老師的臉色。她滿會觀察事情的。凡妮莎一家是在凡妮莎四年級學期中搬到克拉拉遠景市這裡。她上學的第一天就用超級靈敏的雷達，把自助餐廳裡的每個小孩都掃視過一遍，選中了喬許。她知道自己直接走過去，在喬許旁邊坐下來開口跟他說話，喬許絕對不會介意——她也真的這麼做了。她的猜測結果也沒錯呢。

喬許和凡妮莎通常都會對同樣的事情哈哈大笑，他們喜歡的書和遊戲很多都相同，兩個人也很迷溜滑板和騎越野腳踏車。去年夏天某一天，他們在威尼斯海灘上還嘗試了淺灘衝浪，兩人都摔得很慘。即便如此，他們照樣可以把這件糗事拿來說笑。

那麼，他們有哪一件事**不一樣**呢？凡妮莎對電腦很有一套，但是她對電腦的態度和喬許完全不同。儘管喬許沒有辦法讓凡妮莎跟自己一樣愛上寫程式，她還是成為自己最好的朋友之一。

然而，喬許還是不確定自己該不該告訴凡妮莎這個祕密。可是她才剛問了自己這個問題，他必須說點什麼吧。

「有啊，」喬許回答：「我有看到他驚慌的樣子。」

凡妮莎說：「聽著，我有一個想法。我把那枝筆交給尼克老師的時候，看見上面有寫了一個什麼字。我是不知道為什麼啦，或許他就是看到這個字才有反應的。很怪吧，對不對？」

這下子，尼克感到進退兩難了。

如果他告訴凡妮莎那枝筆上面的字就是關鍵，可能會讓她進一步發現整個祕密；但是如果現在不告訴她，她到後來才發現這一切呢？她就會知道喬許對她隱瞞了什麼。

再說，把這個祕密瞞著不跟凡妮莎說？一點都不酷耶。

在凡妮莎趕去上社會課之前，喬許在數學教室門口把她攔了下來。他先往左右兩旁看了一看，然後壓低聲音說：「我現在沒辦法解釋所有的事情，等你有空的時候，上網查 frindle 這個單字，**f-r-i-n-d-l-e** 這樣拼。選擇圖片，然後仔細看搜尋結果出來的第一張圖。還有，這一**切事情**只能夠你知我知，好嗎？」

凡妮莎的眼睛亮了起來。「一個神祕事件加上一個祕密，我愛死了！我的口風很緊的。吃午飯的時候見了！」

喬許走入教室，坐到位子上，當他拿起筆記電腦準備上課時，另一個討厭的二分法問題閃過心頭。

把 frindle 的事情告訴凡妮莎，是好事還是壞事呢？

喬許不喜歡自己想到的答案。

5 決策樹

當凡妮莎走進學校自助餐廳，開始四處找著喬許的時候，喬許可以感覺到她已經知道尼克．艾倫和尼克老師是同一個人了。等到兩人視線相交的時候，凡妮莎對他扮了一個鬼臉，代表一聲沉默的尖叫。

喬許很高興自己告訴凡妮莎整件事。只有自己一個人知道的感覺非常沉重，但是現在整件事變得好玩，看起來更像是一趟冒險了。

凡妮莎一坐下來就開始說話。

「我**真不敢相信**！你可以想像我看到那張小孩的照片，然後把整件事串連起來嗎？如果你之前就跟我解釋這些事情的話，我絕對只會笑一笑就算了！我交給老師的那一枝筆，是**你的**，對嗎？」

喬許回答：「對，我想……」不過凡妮莎還沒有說完呢。

「所以說，接下來我們要這麼做：我們放學後直接到尼克老師的辦公室，把所有的事情都說出來。告訴他，我們知道他跟 frindle 之間的一切關聯；告訴他，我們覺得整件事實在**太妙了**；告訴他，我們想要告訴**所有的人**。我的意思是，這整件事實在太瘋狂了，你不覺得嗎？他怎麼可能就這樣子發明出一個新的詞彙，還去上電視節目？他是**名人**耶，卻沒有任何人知道！如果是**我**做了這麼了不起的事，一定會訂做一個特殊車牌，上面寫著『**FRINDLE** 老闆』或『**FRINDLE** 超讚！』。還有啊，他的名字是怎麼回事？他到底叫做尼克．艾倫還是艾倫．尼克？反正我們直接問他就好了！我認為，我們應該直接到他的辦公室，告訴他，我們知道他是一個重要人物。哪會出什麼錯啊？」

米蓋爾在凡妮莎旁邊的位置砰的一聲坐下來。「什麼事情會出錯啊？」

「怎麼了？出了什麼事嗎？」韓特在喬許旁邊坐下來之後，也出聲問道。這時，他們平日一起吃午餐的成員都到齊了。

喬許腦筋動得很快，說：「我們只是在說尼克老師的舞步啦。」

「還有他的花襯衫！」凡妮莎也加上一句，還給了喬許一個「我懂」的眼神。

「原來如此。」韓特轉了轉眼珠，說：「那些舞步的確很遜，一點也沒錯！但是你知道什麼更遜嗎？他的作業得用手寫耶！那傢伙讓我每天晚上都不好過。」

他這番話引發了大夥一長串的抱怨風暴。首先是尼克老師反對科技的態度，接著提到了柯爾曼老師，聊到她是如何努力的要把每一堂科學課都變成超級誇張版的TED演講現場。

喬許耳朵聽著，但是心裡主要在想的還是凡妮莎的建議：放學後，他們兩人直接跟尼克老師面對面談關於frindle的事。就是今天。

不過，尼克老師早上看見筆上那個字的時候，看起來並不開心；直接闖進去要他開口談這件事，似乎是在自找麻煩。

喬許知道，凡妮莎想要直接當著尼克老師的面解決這件事。她是標準的行動派，遇上任何事都是「先做再說」……

還記得去年夏天發生的淺灘衝浪災難，那全是她的點子。「不行，我們一定得試試。我會要我媽今天載我們去海灘！哪會出什麼錯啊？」

身體倒栽蔥的讓頭部直接撞進沙子裡，就是個大錯誤——那害我接下來三個星期都得戴著塑膠鼻子保護套。一點都不酷！

午飯過後，喬許和凡妮莎在學校操場上總算有幾分鐘可以單獨相處。他說：「我明白你說我們去跟尼克老師談的意思，不過你今天早上也看見他的表情了。他是絕對不可能跟我們開口談這件事的，對吧？我們今天晚上再互傳訊息，看看有誰想出了其他的辦法，怎麼樣？」

「好啊，沒問題，」凡妮莎回答：「這樣也不錯。」

喬許知道她很失望，不過凡妮莎接著露出了笑容，說：「這樣好了，你要不要做一個決策樹，把所有可能出現的選項先測試一遍？或許到了萬聖節的時候，你就能發展出一個演算法，可以準確的告訴我們下一步應該怎麼做！」

「哈哈——很好笑吼。」喬許回答。

這點子**的確**好笑，喬許也忍不住微笑了。凡妮莎幾乎每天都會對他開這種寫程式的玩笑。不過喬許也知道，凡妮莎的猜測非常接近事實的真相。他只是討厭在沒有謹慎考慮過之前就採取行動。就算喬許真的想出了什麼計畫，事情有時候還是會出錯，就像今天早上。尼克老師的反應證實了他的懷疑，只不過他沒有想到尼克老師會這麼氣惱，也沒想到他會急切的看著學生，想找出是哪個人把 frindle 筆放在他桌上。

喬許不知道他們的下一步應該怎麼做，或是到底應不應該要有下一步。因為「不做什麼」也永遠是一個可能的選項……說真的，要比**不上不下**好一些——它就像是二元編碼當中的0，而不是1。

整個下午，喬許只是不斷的猜想和擔心。結果最後證明，所有這一切都是不必要的煩惱。下一步早已經為他們預備好了。

6 神祕的X、Y和Z

放學後，喬許坐著校車回家的半路上，收到了來自凡妮莎的訊息：

你有去看尼克老師出的回家作業了嗎？

喬許馬上回傳：還沒。

凡妮莎接著又傳來：

你知道要寫什麼作業之後，傳個訊息給我。我希望你不會跌到地板上。

喬許花了十五秒從手機上找到學校網址，接著打開回家作業的連結。

星期三要交的回家作業

假設X知道了一個關於Y的祕密，這祕密不是什麼壞事，但是肯定會是X的朋友感興趣的事情。不過，X也知道Y不希望讓這個祕密公開。

請寫出總字數不超過一百五十個字、一到兩段的短文，來解釋你覺得X可能會怎麼處理這個祕密，並寫出理由。請用藍色或黑色的原子筆把作業寫在橫線筆記紙上，明天上課把作業交上來。和往常一樣，整齊的作業很重要。不要忘了《英文寫作聖經》第五章的第十六條規則：「清楚簡明。」

尼克老師

喬許並沒有從座位跌到校車地板上，不過他覺得自己有些喘不過氣。

尼克老師（也就是這裡的Y）是想要用這份作業，來找出是誰把那枝 frindle 筆放到他的桌上嗎？或者他想警告X收手，不要把他的祕密說出來？或者兩個意思都有？

他回傳訊息給凡妮莎，說自己知道作業了。他本來想要貼一個尖叫的表情符號，但最後還是只傳了驚訝的表情符號。

凡妮莎下一秒就傳了新訊息過來：

X！你說的沒錯，Y今天肯定不會想跟我們說任何事情。如果Y知道你已經告訴了某人，肯定也會非常火大。這表示我們還有另一個大祕密：我！

接著又是另一則訊息：

嘿，我的代號可以是Z嗎？

喬許只覺得腦袋一陣旋轉。他想不出要怎麼回覆訊息，因此再度傳了表情符號——第一個是大拇指比讚，接著，他決定進一步加上尖叫的表情符號。

喬許在二十分鐘之後回到家，他沒有立刻去拿點心來吃，沒有打開他最喜歡聽的

Python Podcast，沒有看 YouTube，也沒有做任何一件他通常放學後會做的事情。

相反的，他在餐桌旁坐下來，打開他的筆記電腦，試著做一件完全不一樣的事情：

第一步是打開英文課回家作業，再讀了一次作業說明：

> 解釋你覺得X可能會怎麼處理這個祕密，並寫出理由。

喬許盯著螢幕看了很長的時間，腦筋轉呀轉。最後，他露出了微笑，開始在鍵盤上打字。

7 我追你逃

尼克老師有時候看起來很像沒有刮鬍子，或是沒有洗澡，而星期三這天就是其中一天。他腳上的健行襪也湊不成對。上課鈴響之後，他做的第一件事就是在教室裡走一圈，收回每個學生的回家作業，而他以前從來沒這麼做過。

接著，他站在書桌旁，說：「我昨天給你們的回家作業內容，你們有些人可能會感到好奇。有沒有人要猜一猜，為什麼我會給你們這項作業？」

喬許看向教室四處，沒有人舉手。他努力的嚥下口水，想要讓自己看起來對這問題不感興趣。或是不害怕。因為尼克老師知道，這班上有一個學生非常清楚老師出這項作業的理由，現在他正試著要把這個小孩從暗處逼出來。

尼克老師又說話了：「今年到目前為止，你們每天的寫作練習大多是關於如何精確的描述，也學到如何不偏離主題、邏輯清楚，以及掌握適當格式等等。」

「還有用藍色和黑色的原子筆，把文字用手整整齊齊的寫出來。」喬許聽到韓特小聲這麼說著。

「不過，這次的回家作業，」尼克老師繼續說：「我要你們去假設兩個人之間發生了衝突，你們得說明自己認為他們其中一個會怎麼做——你們面對的情況是，X會怎麼處理Y的祕密。現在我們要做另一件不同的事。」

尼克老師把作業帶回書桌旁坐了下來，他先抽出其中一張，把它攤放在書桌上。「我現在要大聲唸出幾個人的作業，不過我不會說出他們的名字。我們先來仔細聽第一個，然後來討論。」

尼克老師把眼鏡移到鼻子的末端，開始大聲唸出來：

不管怎麼樣，X很可能還是會告訴他那群朋友。如果Y不是一個好人，X搞不好還會把這個祕密公布在社群網站上。

尼克老師抬起頭來，說：「這位同學只寫了這麼多。這也沒有關係，因為我沒有限制你們最少要寫多少字，只有限制你們最多能寫多少字。關於這一個簡短的敘述，有沒有哪位同學有什麼想法的？」

很多人舉起手，尼克老師指了夏綠蒂。

「跟人分享祕密挺好玩的，所以X很有可能會說出來。不過我不喜歡就因為Y可能不是一個好人，而把祕密在社群網站上公開的部分。這樣很不厚道。」

尼克老師說：「崔佛，你覺得呢？」

「沒錯，把事情告訴大家是很不厚道，不過我也認為這情況很可能會發生。X可能會把祕密告訴一**大堆**朋友。」

尼克老師點了點頭，彷彿在考慮些什麼。「社群網路只會讓Y的祕密更容易散播出去。」他說完之後，看起來像是打算再多說些什麼，不過他卻把第一張紙放了下來，拿起第二張。

「我們現在來聽聽看這一篇，看看裡面有沒有不同的看法。」

所以說，整個情況是……

喬許的雙手緊緊抓著書桌的邊緣，用力到他感覺手指的關節都要裂開了——老師唸的是**他的**作業！他心裡想著：**尼克老師是隨意挑出來的，還是故意挑出我的那一張？**

尼克老師抬起頭，說：「大家在寫文章的時候要小心，不要一開頭就用『所以說』這幾個字。很多人會這麼寫，但這通常不是一個好的寫作方式，也不是好的講話方式，除非你的『所以說』是指『因此』的意思。我再重新唸一次，不過我會去掉『所以說』三個字。」

整個情況是：X發現了Y某件引人注意的事，不過X也已經知道，Y並不想要任何人知道這件事，即使這個祕密本身不是壞事也一樣。

首先，X可能對整件事還是一頭霧水，因為如果關於Y的這件事不是壞事，那麼Y為什麼要把它當成祕密呢？如果X認為這個祕密非常了不起又無敵有趣，就有可能會想要立刻告訴Z。他甚至可能根本不知道Y想把整件事當成一個祕密，不想讓人知道。像這樣的情況，就有可能讓整件事更複雜。

X很可能會希望Y盡快去找X，把整件事談開來。這樣Y就可以解釋為什麼這個祕密應該要維持下去，X或許能明白當中的理由，而照Y的意思去做。

也或許他還是聽不明白。就看他怎麼想了。

喬許覺得自己滿身大汗、呼吸困難。他的名字就寫在那張紙上。他有沒有在不知不覺間洩漏了自己就是X呢？尼克老師有沒有懷疑到，X事實上已經把Y的祕密告訴了Z呢？他不知道。

不過，尼克老師**肯定**看得出來喬許此刻有多緊張。話說回來，被老師大聲唸出作業的學生的臉色一定也會是這個樣子，不是嗎？

尼克老師說：「有沒有誰對這個同學的看法有意見的？」

好幾個學生舉起手，當中包括了凡妮莎。喬許開始用全部的力氣禱告著：**不要點凡妮莎，不要點凡妮莎，不要點凡妮莎！**

尼克老師說：「凡妮莎？」

喬許真希望自己能夠縮到像松鼠那麼小，躲進他的後背包，再把背包拉鍊拉起來。可惜，這個願望沒能實現。

「所以說，我懂這個學生講到要告訴Y的事情。」凡妮莎說：「因為你的作業沒有提到X是什麼時候知道Y不想讓這祕密公開，X很有可能已經告訴了Z，之後才發現Y

想要讓祕密永遠都是祕密。」

「沒錯，」尼克老師說：「你還是要留意『所以說』這幾個字，你一開頭就用了這三個字。」

「噢，對不起。」凡妮莎笑了笑，繼續說下去：「還有啊，你的作業也沒有告訴我們，X是**怎麼**發現Y的祕密的啊。」

凡妮莎看起來一點都不緊張，讓喬許感到很佩服。接著他想起來，她的外號包括了「勇敢凡妮莎」、「不受控的凡妮莎」……，有時候甚至是「魯莽的凡妮莎」呢。

尼克老師皺起眉頭。「X是怎麼知道祕密的，會有什麼關係呢？」

「這個嘛，如果是X潛進Y的家裡，打開了一個抽屜，讀到一個上面寫著『最高機密』的資料夾，和X只是不小心注意到某件東西，這兩種狀況不是不一樣嗎？任何人都有可能會看到那樣東西啊？」

尼克老師說：「這是一個很有趣的問題。不過現在讓我們回到這份作業上，X已經**知道**Y想要把這個祕密藏起來，那麼X是怎麼發現的，還重要嗎？」

凡妮莎回答：「對，我懂這部分……但是如果X認為Y的祕密就像是某個很重要的新聞故事，應該要讓**每一個人**都知道呢？因為新聞記者永遠都在挖掘祕密，然後把這些事情告訴全世界。搞不好這就是原因。」

尼克老師說：「不過，X是新聞記者嗎？」

「嗯，有可能啊，」她回答：「就算不是真的記者，X還是有可能是某種記者，因為每個人不就都像是記者嗎？大多數的人隨時都在用他們的手機拍照和拍影片，那些東西都有可能變成新聞故事，四處散播。就像現在每一個人都說，這世界不再有任何祕密了呀。」

喬許在心裡為凡妮莎和她的思考邏輯拍手喝采。他以為她已經說完了，沒想到還沒結束呢。

「再說，」凡妮莎繼續說：「你在作業裡說，Y的祕密並不是什麼壞事，所以這一定表示那祕密基本上算是好事，對吧？那麼為什麼一件好事必須成為祕密呢？」

尼克老師站起來，走到窗戶邊看向窗外。他站了一會，抓著長了鬍鬚的臉龐。喬許認為是凡妮莎的問題難倒他了。

「如果Y的祕密不是一件壞事，那麼可以肯定基本上是件好事，這麼說是有道理。」尼克老師終於開口說話了：「事實上，如果Y的祕密是壞事，那麼X就**應該**告訴某個人，因為這是一種阻止壞事的方法。這也是一些專業的新聞記者會做的事。」

尼克老師轉過身體，面對凡妮莎，繼續說：「但就算這個祕密是好事，Y還是想要保住祕密不讓人知道，那麼誰又能夠做這個決定呢？Y或是X？」

現在反而是凡妮莎看起來被難倒了。「呃……嗯……我不確定。」她坐回椅子上，把身體靠到椅背上。

喬許感到非常佩服。他認識的人從來沒有一個能夠辯贏凡妮莎呢。

尼克老師再看向四周，問：「有沒有其他同學對這一點有不同想法的？」沒有人舉手。

「那麼，請拿出你們的《英文寫作聖經》，把它舉起來讓我檢查。謝謝。米蓋爾，輪到你大聲唸出來。請唸第十一條規則及下面的句子。」

喬許拿出課本，把它舉到頭頂上方，好讓尼克老師檢查誰沒有帶課本。這個規定很愚蠢，通常也讓他不舒服，但是今天做這件自己熟悉也讓自己感到安全的事，反而讓他放鬆下來，因為這件事跟祕密及X、Y或Z完全沒有關聯！

米蓋爾大聲唸著第十一條規則：

十一、不要過度解釋

把事情全部說出來，幾乎就算不上明智了。

喬許的背脊竄出一陣冷顫。尼克老師根本還沒打算放過祕密這件事。事實上，他在傳達一個訊息給X。

這個訊息是什麼呢？不要把 frindle 這件事公開！

8 數學課得到的靈感

凡妮莎和喬許走出尼克老師的教室時，凡妮莎低聲說：「剛才也**太奇怪**了吧！」

喬許也低聲回答：「對呀，怪到不行！」

凡妮莎把身體靠向喬許，抓住喬許的手臂說：「他唸的第二張回家作業是**你**寫的，對吧？」

喬許轉頭看了一眼。尼克老師正在擦黑板，不可能聽到他們說話。儘管如此，他還是先帶著凡妮莎離開一一三號教室後，才說：「沒錯，那是我的作業。」

凡妮莎大大鬆了一口氣，說：「我就猜到是你。當他唸到關於Z那一段的時候，我差點要昏倒了！告訴你喔，你如果事前跟我說你的作業寫了什麼內容，我會很感恩的，好嗎？」

喬許說：「抱歉，不過尼克老師知道，X將祕密告訴Z這件事只是基於**假設**。如果你真的這麼擔心自己會被牽連進去，為什麼又要舉手開始跟老師辯論呢？」

凡妮莎扮了個鬼臉。「好吧，或許我不該那麼做的。」

喬許正想表示贊同時，突然想到一件事，一件他之前沒有想到，此刻卻**相當**重要的事。他說：「知道嗎？這其實不是什麼問題。就算尼克老師知道我是X而你就是Z，也沒關係。」

「你為什麼會這麼認為？」

「你想想看，我們知道了他的祕密，他也沒有辦法做任何事阻止我們不去告訴別人。所以說，是**我們**說了算，不是他！」

「所以說？」

「所以說，我昨天晚上重新讀了那篇尼克老師故鄉新罕布夏州的新聞報導，」喬許說：「它報導了尼克・艾倫是如何在學校開始用 **frindle** 這個字來取代**原子筆**的事。上面有一張他的英文老師的照片，叫做葛蘭潔老師。葛蘭潔老師並不贊同這樣用，因此引發了兩人的一場文字大戰，所有小孩都站在尼克那一邊。」

「讓我再問一次……所以說？」

「所以說，如果我們想辦法讓所有的小孩都站在**我們**這一邊呢？」

凡妮莎皺起眉頭。「對不起，我還是沒弄懂。你要我們聯合起來跟尼克老師作對？那麼，我們是要爭什麼啊？」

喬許非常清楚自己要爭什麼，但是他還沒來得及告訴凡妮莎自己的點子，米蓋爾就急匆匆經過，趕著去上數學課。他大喊著：「喬許，快一點啦！如果我們遲到，你知道傅莎若老師會發脾氣的！」

「我今晚再跟你說！」喬許邊說邊匆忙趕上米蓋爾。

「真的假的？你要吊我胃口？好吧。不過，你的點子最好值得讓我等待。」

喬許露出大大的笑容，說：「一定會的！」

喬許上數學課遲到了五秒鐘。他坐下來並在筆記電腦上急忙翻找作業本的頁數時，數學老師瞪了他一眼。喬許從幼兒園的時候就很喜歡數學。他知道像加減乘除等等簡單的算術功能，可以為以後解決更複雜的等式先打好基礎。這就跟寫電腦程式一樣。先弄懂基礎的東西，然後再運用這些知識和技能克服更有挑戰性的部分。任何人想要跳過這階段直接往前衝，根本就是自找麻煩。

傅莎若老師正在教「比率」這個單元。幸好喬許很懂這個主題，因為當傅莎若老師開始在白板上書寫時，他根本沒辦法專心在那些數字上頭。他今天對於文字比較有興趣，這對他來說可是新鮮事呢。有一個**特別的**詞彙在他腦袋裡生根了。

他心想：尼克老師是怎麼想到 frindle 這個字的呢？為什麼又要把這個字定義為原子筆呢？為什麼不是指鑰匙、鞋子或書本？還有為什麼這個字是名詞呢？為什麼不是形容詞？這個字也可以用來形容「吵雜的」啊，像是一輛 frindle 腳踏車，或是一場 frindle 爆炸……不行，聽起來都怪怪的。形容詞必須聽起來……就像是形容詞，例如一枝**老舊的** frindle、這枝**閃亮的** frindle、一枝**藍色的** frindle、那枝**華麗的** frindle 等等。這一個虛構的字也真夠怪，但是話說回來，frindle 這個字聽起來不僅非常真實，還帶著一點搞笑和怪異！而且當你說 frindle 時，聽起來就帶著一種趣味，自然且不做作。總之，frindle 本身非常……非常……

喬許突然靈光一閃，坐直身體——結果卻把筆記電腦摔到地板上。

傅莎若老師停止講課，手中的馬克筆停在白板上的一條等式中間。她低頭看向喬許的筆記電腦，問：「壞掉了嗎？」

喬許撿起筆記電腦，碰了碰螢幕。螢幕亮了起來，他鬆了一口氣。「電腦沒壞。對不起。」

傅莎若老師回頭繼續教這個等式，喬許則是繼續沉思著。但是此刻他思考的是凡妮莎問的問題。

你要我們聯合起來跟尼克老師作對？那麼，我們是要爭什麼啊？

喬許並不想要跟他的老師作對，不過他真的想要為某些值得的事情奮鬥。事實上，他心裡已經有一個完美的終極目標。這個目標很遠大，因此他可千萬不能急躁行動。要達成目標，他必須先從簡單的事、基本的事開始，就像他剛開始學數學和寫程式的時候一樣。

喬許在筆記電腦上打開記事本，打出一行字。

frindle＝原子筆

接著他在這一行下面打了個新的字：**frindy**。

喬許低聲對自己說：「frindy……frindy……」

聽起來 frindy 就像是一個真的形容詞──一個表示「怪異的」形容詞。或是「古怪的」。他把這幾個形容詞連成一個句子，因此唸起來就像這樣：

frindy＝好笑的＝古怪的＝奇特的＝搞笑的＝怪異的

喬許把它加進一個句子裡：**尼克老師出的回家作業非常 frindy！**

他再試著寫另一個句子：**我們上個月有一大堆 frindy 天氣。**

接下來，他的創意大爆發了：**那個人的靴子是我看過最 frindy，甚至比美國隊長的靴子還更 frindy！**

喬許愈測試這三個字，就愈滿意。他希望凡妮莎和其他人也這麼認為。事實上，他的計畫成不成功就全靠這個單字了。

創造奇蹟

星期三，喬許放學後待在Python程式設計社團。他得等到吃過晚飯後才能開始寫回家作業。不過在全家人坐下來吃飯之前，他還有一點時間可以點開連結，再讀一次當天晚上的回家作業。

星期四要交的回家作業

從世界上選一個你知道卻從未去過的地方。也許你在電影裡或是網路上看過這個地方，或者是在一本書裡或一個部落格裡讀到這地方的事情。

請用二到三段話（至少要一百五十個字），描述當你第一次真的抵達這個地方時，可能產生的感覺。

明天上課時繳交。請用藍色或黑色的原子筆把作業寫在橫線筆記紙上。跟平常一樣，整潔的作業很重要。也不要忘記《英文寫作聖經》裡第八十頁的第十八條規則：「謹慎使用比喻法。」

尼克老師

喬許把手機塞進口袋，拿起叉子的時候，臉上露出了大大的笑容。謹慎使用比喻法？沒問題。他本來就沒有計畫要用到任何比喻，不過他倒是要使用一個非常特別的形容詞。

他希望其他人也會用出來。

吃晚飯的時候，喬許問了媽媽：「前幾天我發現你那枝舊原子筆的時候，你有說過 frindle 那時候在你們學校非常受歡迎。是怎樣的受歡迎啊？」

喬許的妹妹出聲說：「分兜！」

蘇菲快要兩歲了，什麼事都喜歡插一腳。

喬許說：「蘇菲，是 frindle。你會說 frindle 嗎？」

「分兒——分兒、分兒、分兒！」

他的母親回答：「當學生們開始把原子筆叫作 frindle 之後，多數老師都不喜歡，因此情況有一點像是拔河比賽。他們希望我們不要再說這個字了，但是我們沒聽他們的。」

「**不要說分兒！**」

喬許的父親也說話了：「蘇菲，是 frindle 才對。對了，這個字沒有在我們薩克拉門托學校流行起來，所以我就沒有經歷過 frindle 風潮。我跟你媽在大學認識之後，有一天下午我們在圖書館裡，她問我可不可以借她一枝 frindle，我完全不曉得她在說什麼。因此她告訴我整個來龍去脈。」

喬許轉頭看向他的母親，問：「你們學校那場 frindle 拔河比賽是誰贏了？」

「這個嘛，它並沒有真的變成大對決。老師們比較像是海灘，學生就是海洋，海浪不斷的前進，因此老師們到最後就放棄了。這個單字在整個學年都很流行，隔年也差不多一樣，但是等到我升上八年級之後，frindle 又慢慢回復叫原子筆。我想，低年級學生用這個字的時間比較久，我們那一群差不多就一年半的時間吧。」

「但是你還記得這個字，對嗎？你也保留了那枝 frindle。」

「**分兒！**」

「我會記得，是因為整件事的某個部分很有感染力，讓我印象很深刻。」

「怎麼說？你不覺得這個字挺好笑的嗎？」

「是沒錯，但是它不光只是 frindle 這個字而已。」他母親放下叉子，把身體靠向前方，解釋說：「而是我們這些孩子靠自己的力量讓一件事情成真，做出了改變。」

「做出了改變……」喬許重複這幾個字，說：「沒錯，我能體會。」

「**不是！**」蘇菲大叫起來：「**分兜！**」

吃完飯後，喬許在寫作業的時候再讀了一次尼克老師的作業說明。接著，他打開筆記電腦裡的訊息視窗，傳了一個訊息給凡妮莎：我們可以傳訊息給每一個上尼克老師課的學生嗎？

凡妮莎：沒問題啊，電子郵件還是訊息？我有一大……

喬許：嘿？你還在線上嗎？

凡妮莎：對不起，我剛剛在算人數。我有我們班上十七個人的電子郵件帳號，再加上其他課的大群組裡的幾個學生。

喬許：酷唷。我有個辦法。不過，Z這個人夠勇敢嗎？

凡妮莎：當然啦，還用問嗎？

喬許後來沒有傳新訊息，而是開了視訊來說明自己的辦法。

「讓我先弄清楚自己有沒有聽錯，」凡妮莎說：「你想要讓每個尼克老師課堂上的學生，在英文回家作業裡都加上一個捏造的形容詞，是嗎？為什麼？」

「只是開一個小玩笑。我想他會喜歡的。」

「這有可能會影響到我們的成績耶。」凡妮莎指出這一點。

「也許會，」喬許承認說道：「但是話說回來，尼克老師要我們寫出創意。還有什麼比用自己想出來的字更有創意的呢？」

凡妮莎懷疑的看了他一眼。「這個虛構的形容詞……是指 frindle 嗎？」

喬許翻了白眼，回答：「當然不是。frindle 是個名詞，我們的形容詞是 frindy。」

凡妮莎笑了起來。「好吧，我喜歡這個詞。現在請解釋一下，這個 frindy 惡作劇的重點在哪裡。」

「這有一點像是測試，」喬許說：「我想要看看有多少尼克老師的學生會加入。」

「因為……？」

「因為這樣子我才能知道，我計畫中的第二步值不值得進行。」

接下來，他告訴凡妮莎第二步是什麼，以及他整個計畫的終極目標又是什麼。凡妮莎的眼睛瞪得好大。「哇嗚，我還以為自己才是勇敢的那一個！」

「你是很勇敢啊——如果你願意幫我的話！」

她當然樂意啊。

兩人一起合作寫了訊息的內容。七點二十二分的時候，他們用電子郵件及傳訊息的方式，將訊息傳給尼克老師這第二堂課的大部分學生。接著，凡妮莎再把同樣的訊息傳給自己通訊錄上的其他學生。

★義勇軍大挑戰！！！

你願意把「FRINDY」這個單字寫進尼克老師星期四的回家作業裡嗎？

「**FRINDY**？這是什麼意思啊？」

它的意思是古怪的、瘋狂的、奇異的、異常的！

所以說，勇敢點！盡量用這個單字！現在就寫進你的作業裡！！

用力寫！！！

（拜託）

還有啊……請告訴每一個你知道有上尼克老師英語課的人！

●永遠的 FRINDY

喬許把這一則訊息傳出去之後，決定在 Frindle 祕密檔案的資料夾裡加入一些新的東西：一張他自製的 frindle 筆照片（也就是他後來放到尼克老師桌上那枝）、一張尼克老師要學生寫關於 X 和 Y 回家作業的螢幕截圖、一張尼克老師在課堂上大聲讀出他作業的隨手拍照片，當然，還有一張他們剛傳出去的「FRINDY 大挑戰」訊息的螢幕截圖。他還希望自己手邊有什麼照片呢？當然是尼克老師看到喬許自製的 frindle 筆上那個字當下的表情！

等到喬許終於完成尼克老師星期四要交的作業時，已經將近上床睡覺的時間了。他用黑色原子筆把作業整整齊齊的寫在橫線筆記紙上，將作業放進後背包前，用手機拍了一張作業的照片。他的手機和筆記電腦是同步的，因此這張照片會自動上傳到他電腦的圖片資料夾裡，為 Frindle 祕密檔案再加上一個資訊。

接下來，他好奇的猜想，會有多少學生把 frindy 這個單字寫進明天要交的回家作業裡……該不會只有凡妮莎和他自己吧？

他希望不會如此。

因為 frindy 這個單字和 frindle 無敵像——相似得誇張，也相似得驚人。如果學生有足夠人數用了這個單字，一定可以像他母親之前提到的事件那樣掀起一陣風潮。

只不過這一次，換成了尼克老師是海灘。

10 滿滿的新字

星期四早上，尼克老師在收回家作業時，看了一眼擺在最上面的作業，立刻大聲笑出來。

「艾莉，你用了一個我從來沒看過的字耶。」接著，他唸了出來：「『當我問路人要怎麼到艾菲爾鐵塔的方向時，這個人給了我一個 frindy 表情。』嗯，frindy 這個字是生氣的意思嗎？」

艾莉搖搖頭，說：「它的意思是古怪的，或是怪異的。」

「噢——我懂了，」尼克老師接著問：「你從哪裡學到這個字的？」

喬許想要偷偷看一眼凡妮莎，但是又不敢。

艾莉回答：「我從我朋友那邊聽到的。我猜那是個俚語吧。」

尼克老師再看了看艾莉的作業，接著一張張翻著其他人的作業，偶爾停下來把上面的字唸出來。

「『在一個巨大的綠色雕像裡，踩著這些狹窄的樓梯往上爬的感覺非常 frindy。』……『接著，我發現了整座博物館裡最 frindy 部分。』……『在他們讓我朝著太空站飄浮前進之前，我必須先穿上這一身 frindy 服裝。』……『我看見了這一群被稱做大羊駝的 frindy 動物。』」

尼克老師又笑了起來。「看起來，frindy 是今天的關鍵詞，那麼讓我們來好好認識它吧。」他把黑板推到書桌旁，拿起一枝黃色的粉筆，開始在上面書寫。

「這個詞彙由 f-r-i-n-d-y 幾個字母組成，跟 windy（多風的）這個單字有押韻。而 frindy 的意思是古怪的、奇異的。誰可以告訴我，它屬於哪種詞性？」

很多人舉起了手。尼克老師說：「艾默瑞？」

「它是形容詞。」

「很好，形容詞的作用是什麼呢？……嗯，連恩？」

「形容詞是用來修飾名詞或代名詞。」

「沒錯，形容詞用來描述東西或人的時候，有哪些不同的地方？……芮秋？」

「它們可以用來分辨選項、種類，或是數量。」

「太棒了。frindy 在這裡的作用是上面哪一個呢？……傑克？」

「種類。」

「很正確。現在來談談，我剛剛唸到那句『整座博物館裡最 frindy 部分』——誰可以告訴我，這裡的 frindy 可以有什麼變化呢？……凡妮莎？」

喬許開始緊張起來，不過凡妮莎則是一臉的鎮定和平靜。「只要在後面加上 er 或 est，形容詞就會產生變化。像這樣的變化有一個專門的詞彙……不過我不記得了。」

「有誰記得嗎？」

這回沒有人舉手。

「好吧，」尼克老師說：「我們來複習一下。當某一樣東西比其他東西還要**多一點** frindy 的時候，在後面加上「er」，就可以讓形容詞變成比較級。只不過 frindy 最後一個字母是 y，我們得先把 y 改成 i 才能再加 er 兩個字母。如果某樣東西是最 frindy，在這形容詞後面加上 est，就變成形容詞的最高級形式。同樣的，你得先把 y 改成 i 才能再加字尾 est。現在，請你們每個人拿出一張紙和一枝鉛筆，我們來快速複習一下形容詞，然後再看看能不能找出一些新奇的用法來使用 frindy 這個字！」

當凡妮莎轉過頭來拿她的後背包時，朝喬許伸出舌頭——像是要吐出來的樣子。

喬許也有同樣的感受。但接著，他開始以程式設計師的角度來思考——也就是提出問題，並且把目前的情況拆解成一小塊一小塊的資訊。當尼克老師第一眼看到 frindy 這個字的時候，並沒有表現出不高興或生氣的樣子，反而笑了起來。

為什麼？他是要把自己的不高興藏起來嗎？還是真的認為這個字很好笑？

喬許並不確定。

接下來，尼克老師唸了更多人的作業，臉上一直保持著笑容。**為什麼？他看起來並沒有生氣或是愁眉苦臉——完全相反。他認為這個詞真的很好笑。**

現在，尼克老師把 frindy 三個字變成了上課的教材。**為什麼？**

在那一刻，喬許明白了。**他是想要消滅這個字！這是在「謀殺字彙」……在被文法殺死！**

尼克老師要把 frindy 輾成粉筆灰，要用他洋洋灑灑的文法句型，把它遮蓋過去，讓它消失不見。如果再給尼克老師十分鐘，就沒有任何學生會想要使用喬許虛構出來的這個單字了。

尼克老師看起來正開心享受著每一分鐘……因為他**才不會**犯下尼克·艾倫的老師之

前犯的錯誤。這整個 frindy 事件和很久很久以前那個男孩子做的事情太類似了，不過尼克老師和葛蘭潔老師不一樣，他決心要把這個單字及躲在這個字背後的人「邊緣化」。

喬許記起了網路新聞報導中的葛蘭潔老師照片。她穿著一條深色的裙子和夾克，站著的樣子很挺直僵硬，一頭白髮往後梳起來，銳利的眼睛正視著照相機。那老師看起來相當嚴厲，**非常的**老派——她或許就是「老派」這個詞會被發明出來的原因！

喬許感覺到教室裡的燈光突然變亮了，他在這一刻完全想通了。他看到的葛蘭潔老師就像是早期的電動玩具，名稱也許就叫做《老師打怪》的一．〇版本。這個程式就只有一個目的，要讓玩這遊戲的人一次只能做一件事情。

但是尼克．艾倫駭進了遊戲軟體《老師打怪》裡面的「葛蘭潔老師程式」，成功把它改造成完全不同的東西！葛蘭潔老師讓自己變成了讓小尼克成功的關鍵，事實上，還讓他後來大大出名了！

那麼眼前的尼克老師呢？這個人是進化版本，是下下下一代的電動遊戲——比較像是《老師打怪》的八．三版本。他用夏威夷花襯衫及搞笑的舞步，讓玩的人覺得更友善……他或許也覺得《老師打怪》八．三版本很完美，沒有破綻。他成功扭轉了X洩漏祕密和 frindy 的挑戰結果，這已經證明他的厲害了，對嗎？

錯！因為X知道一件Y還不知道的事：這場電動遊戲還沒結束。

X已經拉起了一個祕密拉桿，打開了一扇暗門，衝上一座不尋常的樓梯，進入一個完全不同的關卡，這個關卡和尼克老師與他的 frindle 祕密再也沒有關聯。遊戲來到**這個部分**，才要進入更壯觀的情節，進入現在發生的情節，而不是二十年前的。

今天的 frindy 實驗只不過是暖身而已，就像是沃爾瑪賣場裡的 X-BOX 預告片。

真正的遊戲才正要開始。

11 駭客過招

將近一星期之後的星期三早上，尼克老師說：「我昨天晚上讀到一篇新聞，一個住在芝加哥的女人自學了七種新語言。她說，當她用英文去思考非常簡單的事情時，腦袋會自動開始把它翻譯成其他不同的語言。她好幾個夜晚都無法入睡，因為她的思緒沒辦法停止翻譯。**現在**她試著要**忘記**英文以外的其他所有語言！你們聽過的事情中，這一個是不是最 frindy 啊？」

幾個學生笑了出來，尼克老師也一樣。

喬許不只沒有笑，還得阻止自己發出哼聲。自從上個星期的過招序曲之後，尼克老師每一天在課堂上至少都會提到 frindy 一次，說的時候總是帶著笑容，或是發出哈哈的笑聲。他已經把這個形容詞變成了一個大玩笑。

就算他不是故意這麼做的，也已經讓 frindy 的創造者喬許變成了一個大笑話。這也難怪喬許對於接下來要發生的事情，一點都不感覺到愧疚。

尼克老師說：「說到英語這個語言，我們這星期的重心在段落——它是什麼，它要怎麼運用，以及在寫作的時候如何讓它變得更好。請打開《英文寫作聖經》第二章，第十三條規則。不過，先把你們的課本拿起來讓我看到。」

尼克老師的眼睛看了教室一圈，然後目光停住了。

在小小的平裝本書海之上，有四臺被高高舉起的筆記電腦，相當引人注意。喬許、凡妮莎、米蓋爾和韓特每個人都舉起了自己的筆記電腦。

他們舉起的是筆記電腦而不是課本？這是喬許要駭進「尼克老師程式」的第二步。不過，這一次他沒有發郵件給所有上尼克老師課的學生。由於他的計畫有可能導致嚴重的反效果，因此他只聯絡了三個最親近的朋友。他解釋了自己的計畫之後，三個人都樂於加入。

喬許也發了關於後續行動的訊息給凡妮莎、米蓋爾和韓特，還附上一個《英文寫作聖經》免費線上電子書的連結。他們原本可以直接從學校圖書館下載這本書的電子書，不過喬許擔心圖書館管理員有可能會通知尼克老師。他覺得把自己找到的電子書檔案讓這幾個人存進自己的筆記電腦裡，顯然比較安全也比較聰明。

他的朋友們都遵照他訊息中的指示。這一刻，喬許啟動了計畫的第二步。

尼克老師的聲音聽起來很冰冷。「很抱歉，看起來今天有一些學生會被我記上一個警告。」

儘管尼克老師不常這麼做，但是必要時他可以弄出邪惡之眼的表情——把左邊眉毛往上彎成拱形的同時，右邊眉毛卻往下垂。此刻，他那邪惡之眼正火力全開，直接射向喬許的方向。

喬許還是舉起了手。

「什麼事？」

「我不應該被記警告。你說過我們每一天都必須帶著《英文寫作聖經》來上課，我有帶我的書啊——就在這裡，我現在就開始唸第十三條規則！」

喬許立刻站起來，輕輕點了一下筆記電腦的螢幕，開始唸出來。

十三、段落是寫作的單位

段落是一個非常方便的單位，可以應用在所有形式的文學作品。只要它保持完整的意思，任何長度的文字都可以成為段落——不管是一個短句，或是由很多句子組成的一段話。

喬許坐了下來。

尼克老師伸手拿成績簿，打開來，再從他桌子上的馬克杯裡抽出一枝紅色麥克筆。「凡妮莎一個警告，米蓋爾一個警告，韓特一個警告，喬許**兩個**警告——第一個是沒有帶書本，另一個是沒有輪到他朗讀的時候朗讀。」

喬許再度舉手，不過尼克老師漠視他，而對著全班講話。

「請把課本翻到第十五頁，然後在自己的座位上默唸第十三條規則的整個段落。在你認為是重點的文字下方劃線，並做筆記；這樣子你才能解釋為什麼你的論點很重要。我們十分鐘之後討論。」然後，他說：「凡妮莎、喬許、米蓋爾和韓特，把你們的筆記電腦交到我的桌上。」

喬許的手仍然舉在空中，尼克老師說話了：「什麼事？」

「如果你把我的書拿走，我就沒有辦法做你要我們唸的部分。」

「你的書？」尼克老師舉起他自己那本《英文寫作聖經》。邪惡之眼已經消失了，但是他說話的時候，聲音同樣帶著責備的口氣。「魏立特同學，**這一個**才叫書。你在那機器裡面的東西，不過是用程式寫出來的位元和字元，讓它們可以在螢幕上顯示出形狀。如果你把電源關掉或是螢幕破掉了，那本『書』會發生什麼事呢？如果你的機器變得過熱或過冷，又會怎麼樣？」

喬許坐在位子上感到有點緊張不安，但是沒吭聲。

「在我付錢買下這本書之後，」尼克老師繼續說：「這本書就是我的。我可以在上面寫下我的名字，因為這是屬於我的。它不需要電池，我可以一輩子都擁有它。我可以跟我的孩子或我的孫子一起閱讀。當這個學年結束，你把**那個**交上來之後，你就不再擁有它了。」他指著喬許的筆記電腦這麼說。

整個班級的學生轉過來盯著喬許看，但是喬許的眼睛眨都不眨。他說：「我唯一用到那紙本書的時候，是在這裡上課，或者是做回家作業的時候。它只是資訊。」喬許再度舉起他的筆記電腦，說：「這裡面也有同樣的資訊。事實上，它有的資訊更多。我可以去點任何的文字，而**我的**這一個版本可以告訴我那文字的意思。」他用手碰觸螢幕，說：「像是『洋溢』這個詞，意思是『充滿活力、興奮及快樂』。在**我的**書裡面，如果我想要知道副詞怎麼用，我就在搜尋的欄框裡面打入『副詞』，馬上就可以看到所有的資訊，它就是這麼方便。」

喬許彈了一下手指。「你的書裡面每一個字都很小。但是如果我在這裡點一下、那裡點一下，字體就變得愈來愈大，容易閱讀。如果我忘記自己把紙本書擺到哪裡去，或者遺失了我的書，我得重新再買一本。但是我如果不小心刪掉了筆記電腦裡面的電子書，我可以同樣再下載一模一樣的版本。學校裡要用到的所有教科書，都存在圖書館的伺服器裡，隨時讓人可以免費下載。」

「這麼說來，你、凡妮莎、米蓋爾和韓特是從學校圖書館下載了合法的版本嗎？」尼克老師問道。

喬許抬起下巴回答：「不是。我運用科技在網路上找到了一個免費版本，再利用另一項科技，就是我的手機，把連結傳給我的朋友。」

尼克老師的邪惡之眼又出現了，喬許心想他可能真的把尼克老師惹毛了。他準備好面對一場怒氣大發的火爆場面。

結果，什麼事都沒發生。

「我可以看一下你的電子書嗎？」尼克老師問道。

喬許把他的筆記電腦轉個方向，面對老師。

尼克老師看著螢幕，點了點頭，說：「喬許，謝謝你分享電子書及你的意見。現在我們要繼續回到我剛才給全班的作業。如果你們四位今天沒有帶你們自己的**書本**，就到教室後面去借一本《英文寫作聖經》；但是請不要在重點文字的下方劃線，而是要把你們所有的註解、想法都寫在紙上。你們可以拿回筆記電腦的時間，是在……今天放學的時候。」

喬許、凡妮莎、米蓋爾和韓特沒有再說任何一句話。他們關上筆記電腦，把它一個一個疊放在尼克老師的書桌上，再走到教室後面拿紙本書，回到位子上坐下，開始寫老師交代的事。

喬許的表情還是相當鎮定和正經，但是心裡在歡呼大笑。

沒錯，他不再跟尼克老師對抗，也交出了自己的筆記電腦；不過這不是因為他害怕被記下更多的警告。喬許順從老師的話，是因為過去幾分鐘發生的事情經過，就跟他原先計畫的一**模**一**樣**。

尼克老師不知道的是，喬許已經駭進了他的程式。

12 歐圖加校長辦公室

這特別的星期三，喬許非常開心可以在學校待晚一點，因為他下課後要去程式設計社團。他也很高興圖書館就在校務辦公室走廊的正對面。

放學之後，喬許馬上到尼克老師的辦公室裡拿回自己的筆記電腦，再趕到圖書館，找了一個靠近窗戶的桌子旁坐下來，急忙跟上賀南芝老師和其他學生進行第一次Python程式設計練習。他三不五時會透過窗戶看向校務辦公室。沒有看到任何有趣的事情，不過就是一些學生和老師職員進進出出的畫面。但是他很確定，在今天的社團時間結束之前，走廊對面的辦公室裡會發生一些狀況。

喬許之前已經請今天會上尼克老師最後一堂課的學生詹姆士・艾許幫他打探消息。詹姆士在第六堂課一結束之後傳訊息給喬許，告訴他學校祕書用對講機說話的事。祕書問尼克老師能不能在四點鐘到校長室一趟，尼克老師說好。喬許此刻坐在最有利的位置，觀察他早就啟動的祕密計畫所產生的結果。

他從口袋裡取出手機，用拇指滑動到今天「突襲尼克老師行動」的流程表。

四個學生帶筆記電腦上尼克老師的課，
他沒收所有筆記電腦。
↓
四個學生找歐圖加校長抱怨，上尼克老師的課不能用筆記電腦和電子書。

或者是

四個學生帶筆記電腦到尼克老師班上，而他沒收電腦一整天。
↓
四臺被沒收一天的筆記電腦，惹來六位教其他三個科目的老師抱怨。
↓
四個學生跟其他老師解釋，尼克老師是如何沒收他們的筆記電腦做為處罰。
↓

六位老師向歐圖加校長抱怨尼克老師帶給他們的不便。

喬許原先並不確定尼克老師會不會把他們的筆記電腦沒收一整天，不過他真的很開心老師這麼做了。其他老師跑去找校長抱怨尼克老師，很快就收到了效果——速度比四個學生自己去抱怨可能還更快一些。

下午三點五十六分的時候，歐圖加校長從他的辦公室走出來，跟學校祕書談了一會，等到他轉身的時候，尼克老師已經從走廊走進辦公室裡。兩個人帶著笑容握了手，不過那樣子不像是朋友之間的握手。他們倆看起來非常不一樣——校長穿了一套灰色西裝、白色襯衫，還打上了領帶；尼克老師穿著他的夏威夷花襯衫、短褲及涼鞋。

歐圖加校長伸出一隻手，邀請尼克老師進到他的辦公室。校長室的門被關上之後，喬許看了手機顯示的時間：三點五十七分。

喬許試著想像他們兩人在校長辦公室裡進行的對話。什麼話題都有可能，不過他們**肯定**會提到關於克拉拉遠景中學學生使用科技的規定。在《學生家長手冊》裡面就有提到：「學校會發給一到六年級的每位學生一臺筆記電腦。學校希望老師能教導學生在課堂上學習，如何正確及有效的使用科技，學生們才能為未來的學習及工作，做好使用這些不可缺少的工具的準備。」

尼克老師從一開始就說得很清楚，他相信這個規定有漏洞：手冊上用的詞是「希望」，因此他能夠在教室裡不使用筆記電腦和電子書。如果他是被要求……那麼他就可能不會被叫進歐圖加校長的辦公室，因為他不能選擇要不要使用科技。

喬許看見校長室的門打開來，他看了一下時間：兩分七秒過去了，這可能是世界上最短的會議。

尼克老師一個人走出來，歐圖加校長沒有跟他握手說再見。尼克老師離開辦公室的時候，也沒有對校長祕書展露笑容或揮揮手。他看起來並不像在生氣，反倒比較像在沉思，他的兩隻眼睛盯著地板。接著，就在尼克老師要踏上走廊的時候，他抬起頭來。

喬許的心一沉，突然覺得有點想吐。他會不會把這件事鬧得太大了？他幾乎想要蹲下去躲起來，不過這沒有多大的幫助——圖書館的落地窗是從天花板幾乎一路到地板上這麼大。在這星期三下午的四點鐘，他們兩人彼此看著對方——喬許和尼克老師，也就是X和Y，學生和老師。

兩人的視線僅僅對視了一秒，尼克老師便繼續往前走了。喬許沒有辦法看出老師是感到生氣或覺得好玩。

突然間，他的腦袋裡跳出了最基本的二分法問題：**我是贏了，還是輸了？**

喬許沒有答案，因為他不知道尼克老師和歐圖加校長談了什麼。他試著把注意力回到下一個程式設計的練習上。可惜，儘管他正試圖解決的序列非常簡單，還是很難讓自己靜下來專注。

簡單。喬許停了下來，自言自語的重複這一個字：**簡單**。

這個詞勾起他的一個記憶：《Python 之禪》裡面提到如何有效寫出電腦程式的十九項指導方針清單當中的兩句話。賀南芝老師在一開學的時候，就跟社團學生分享了這一張清單。喬許記起來的兩個指導方針是：

簡潔比複雜好。

複雜比艱澀好。

想到過去九天內發生的所有事情，喬許發現自己的計畫從一個簡單的 frindy 玩笑，快速發展成一個複雜的筆記電腦駭客戰場。現在到底是什麼情況呢？

所有的事情在此刻看起來，似乎都變得複雜很多了。

13 光速

星期三放學後，喬許點開了英文回家作業的連結，總算弄清楚尼克老師和校長的短暫會議中發生了什麼事。

重要事項宣布

從現在開始，所有學生都可以在課堂上使用學校發的筆記電腦。另外，請從學校的圖書館下載免費版本的《英文寫作聖經》。如果你在家沒有辦法下載檔案，星期四（含）之前在學校都可以找圖書館員奎思珂老師幫忙。所有學生每天仍然必須帶《英文寫作聖經》的紙本書。你在課堂上及寫回家作業，都會同時用到紙本書和電子書。

星期五交的回家作業

請用一段話來描述一位新學生第一天到新學校上課的情況。如果想知道你這一段應該要多長，請閱讀《英文寫作聖經》紙本書第十六頁，從上面數下來第三行的那一段。我們明天會在課堂上討論。請用藍色或黑色的原子筆把作業寫在橫線筆記紙上，星期五交作業。和平常一樣，整潔的作業很重要。

尼克老師

喬許讀完作業之後，把它拖進Frindle檔案資料夾備份起來。今天的駭客任務看起來似乎已經成為這個故事的一部分了，因為一個叫做尼克的孩子曾經駭進「葛蘭潔老師程式」裡，而現在一個叫喬許的孩子則是駭進了「尼克老師程式」。

一會之後，喬許的手機發出叮的一聲——凡妮莎傳來了訊息：報告！一一三號教室明天使用筆記電腦！你辦到了！

喬許帶著笑容回覆訊息：謝謝☺只可惜我們還是必須用手寫回家作業。一步一步來吧！

他的手機又叮了一聲，這次是韓特傳來的訊息：上課可以用筆記電腦，我們贏了！

再下一則訊息則是梅麗莎・黑文斯傳來的。喬許和她一點都不熟，她上的是尼克老師第六堂的英文課。接下來其他三十一個學生傳來的訊息就是複製她的。

聽說你就是那個讓我們可以在尼克老師的課堂上使用筆記電腦的學生——讚唷，魏立特。

尼克老師總共教三個不同的班，分別在第二堂、第四堂和第六堂課，全部共有七十七名學生。接下來短短幾分鐘之內，喬許又收到了二十多則訊息，每則訊息最後都至少有一個驚嘆號。大多數的訊息很簡短，頂多三或四個字：

帥唷！

喬許讚！

嘿——了不起！

太強了，小子！

科技人就是強！

有一些訊息則讓他笑了出來。

我愛愛愛愛我的筆記電腦，討厭恐龍年代的書本！
永遠的電腦螢幕！
科技隊加油——耶！

韓特又傳來了訊息。他沒辦法進入學校圖書館的網站，請喬許把《英文寫作聖經》的網路下載連結傳給他。喬許把連結傳給了他，以及群組裡的每個人。

不過，最讓他吃驚的訊息，是米蓋爾那天晚上稍晚的時候傳來的那一則：

喬許——

你說出了我們大家的心聲！我可以在我的 YouTube 頻道採訪你嗎？最多十分鐘就可以了。明天體育課再聊好嗎？謝啦！

米蓋爾的訊息不僅讓喬許吃了一驚，也真嚇到了他。錄影訪問？在 YouTube 頻道上露臉的想法讓喬許的心臟狂跳，喉嚨也緊縮了起來。他正要回覆米蓋爾說自己沒有興趣的時候，被一大堆新訊息打斷了。原來米蓋爾的訊息已經傳到小組的聊天室裡，現在每個小組成員都說自己等不及要看他的訪問了！滿滿的訊息點亮了他小小的螢幕，畫面看起來就像是一次來自網際網路的攻擊，以光速湧入他的眼裡。訊息不斷傳進來，持續的叮叮聲和震動聲響，讓他的手機就像是一支在他掌心裡不斷扭動的受驚倉鼠，隨時準備張嘴咬人。

喬許關掉了手機，螢幕陷入一片漆黑——這可是他自六月生日以來從沒做過的事。在這突如其來的安靜中，他試著享受自己的勝利。他要讓尼克老師允許學生在課堂上使用筆記電腦的計畫成功了。

但是，他沒有預料到的反效果也出現了。

為什麼每一件事情都必須這麼複雜呢？他想起了《Python 之禪》裡面的話：「簡潔比複雜好。」

那麼，複雜之後的句子是什麼呢？

複雜比……什麼好啊？

糾結的？

沒錯。

混亂的？

沒錯。

雜亂的？

也沒錯。

每一個形容詞看起來幾乎很精準，感覺也很正確。

喬許突然明白了。找到對的詞彙，就跟寫出正確的程式是一樣的。一旦你找到正確的字，每件事情就會變得很清楚。他也領悟到，自從六年級第一天開始，尼克老師就開始改寫「**喬許的程式**」，幫助他在寫作上有所進步，這就是為什麼自己此刻一直在找尋正確詞彙的原因。

喬許發現這一點的時候，感到非常驚訝。因為他這個問題的最佳答案不是形容詞，而是名詞。當喬許輕聲說出完整的句子時，他感到背部一陣發涼：

簡潔比複雜好，複雜比……艱澀好！如果我現在正處在「複雜」當中，不就離「混亂」很近了嗎？

14 是故意的

這些深夜傳來的訊息弄得喬許感到緊張和不安。星期四早上，他打算告訴米蓋爾自己不想接受採訪，不過後來沒這麼做。因為突然之間，大家對他的態度就像是電影《星際大戰》中成功炸毀死星的路克天行者。無論他坐在校車上、走到自己的置物櫃，或是在第一堂體育課時，都有人對他伸出大拇指比讚，或是拍他的背，也有人舉起手要跟他擊掌，還有人對他說「嘿，喬許，厲害唷！」或「幹得好！」或「你讓尼克老師知道誰才是老大了，對吧？」。

一開始，喬許對於自己引起了廣大注意有點不知所措，但是他也慢慢開始享受這樣的氣氛。有何不可呢？先用 frindy 試水溫，故意不帶《英文寫作聖經》紙本書，改帶電子書和筆記電腦去上尼克老師的課，再讓老師沒收筆記電腦，讓其他老師去找歐圖加校長抱怨。他精心設計的每一步，都是為了要達成心中的目標：駭進「尼克老師」這個軟體程式裡，把科技帶入整個校園裡唯一的科技黑洞。

而他成功了！

至於前一晚所有不自在的感覺，以及對於複雜、混亂的害怕呢？哈，全都消失了。因此，當米蓋爾在體育課把喬許攔下來，問自己這星期能不能找個時間訪問他的時候，喬許答應了。上完體育課之後，喬許想像等會上第二堂英文課的時候，自己將會迎接終極勝利的到來。

可是當他看到尼克老師交叉著手臂，站在一一三號教室外面的走廊，他的好心情微微降低了一些。老師的臉上沒有平常爽朗的笑容，只是微微點頭迎接每一個學生。喬許趁著尼克老師轉頭看另一個方向的時候溜進教室。

其他學生似乎沒有注意到任何不對勁的地方，在走到自己的位子坐下之前，他們還跟喬許擊掌，低聲恭喜他。

上課鈴響了，尼克老師走進教室，站到自己的書桌旁。

「請把你們的《英文寫作聖經》舉起來……很好。現在，把你們的筆記電腦也舉起來……謝謝。有沒有誰從圖書館下載電子書了呢？」

一開始沒有人做任何動作，然後夏綠蒂舉起了手。「我沒有辦法下載學校的書，所以我用喬許傳來的連結下載了電子書。」

喬許的身體坐得更挺直了。

「我明白了。」尼克老師看起來出乎意外的冷靜，一副公事公辦的模樣——沒有閒聊，沒有微笑，也沒有說任何 frindy 笑話。「你們其他人也一樣嗎？」

所有人不是小聲的說對，就是點點頭。

「我知道了。」尼克老師又說了這句話。喬許覺得自己似乎看到尼克老師瞧了自己一眼——或許是因為他的眉毛往上抬了一下——像是傳了小訊號，給這個幫助同學拿到上課所需電子書的男孩。不過，整個情況看起來也不像是如此，反而比較像尼克老師在盡最大的努力不去理會他。

喬許對自己讓尼克老師不高興感到有些抱歉，但是也就只有那麼一丁點的抱歉……可能只有百分之一吧。

接著，尼克老師出聲了：「你們的回家作業，是要你們從紙本書裡面讀一個段落，你們有任何人也用喬許的版本唸了同樣的段落嗎？」

沒有人舉手。喬許還聽到韓特低聲的說：「讀一遍就已經夠辛苦了，怎麼可能還讀兩遍！」

尼克老師點了頭，說：「好，你們會大吃一驚，而且不是好的那種。」這時他看了喬許一眼。

「請打開你們紙本的《英文寫作聖經》，翻到書名頁，就在封面的下一頁。」尼克老師說：「把你的電子書也翻到同樣的地方。我要你們仔細比對紙本書和電子書，只要電子書有任何的錯誤，無論是拼字、標點符號、格式等等，都把頁碼和這些錯誤寫下來。你們除了有新的回家作業之外，明天要交的第二份作業，就是把〈英文語法的基本規則〉這一章裡的錯誤，全部更正寫下來。你們現在就可以開始先寫這份作業了。」

喬許眨了眨眼睛。腦袋裡冒出第一個想法是：**老師一定是在開玩笑！**

他的第二個想法則是指責老師有陰謀：**喔，我懂了，這就像他上次處理 frindy 的事情一樣。尼克老師想讓我們討厭使用筆記電腦裡的電子書，只不過他不是直接上文法課，而是要利用我們校對錯誤來達到目的——這是他所能想到最慘、最無聊的方式了。**

喬許拿出紙本書的時候，聽到同學們也在嘟嘟囔囔的抱怨。他原本以為這作業最多只要幾分鐘就可以結束，但是他很快就發現，當尼克老師說這裡面有錯誤的時候，不是在開玩笑的。光是在第二頁，「跟」這個字就寫成了「根」！喬許快速翻了下面幾頁，看到了一個又一個離譜的錯字。感覺上這是不可能發生的事呀，但是這些字就在那裡，從他自己的筆記電腦螢幕上瞪著他。

喬許抬頭看見尼克老師對自己微笑著，老師一定是在喬許發現這些錯誤的時候就看著他了。喬許把目光移回到電腦螢幕上，並問自己一個二分法問題：尼克老師怎麼會知道這免費的電子書有這麼多錯誤呢？

他馬上就想出了答案。**我昨天讓他看了我筆記電腦上的一頁內容。他肯定發現了一個錯誤，立刻記下檔案名稱，然後讀了同樣的電子書。**

接著，他又想到尼克老師曾提醒學生去找圖書館的奎思珂老師幫忙這件事。他是不是那時就已經猜到學生在下載圖書館電子書時會有困難？他是不是也猜到，沒有學生會去找這位圖書館員求救？喬許不想冒犯奎思珂老師，但是說實話，沒有任何一個喬許認識的六年級學生會那麼早到學校，或是去請圖書館員幫忙，更何況他們只要動一動手指，就可以解決問題了。大家也真的這麼做了——他們點開喬許的連結，成功下載了電子書。

他讓我以為自己是英雄。

喬許沒有感到生氣，而是覺得尷尬，因為尼克老師這麼容易就用計謀擊敗了自己。

這是第二次了。

他轉頭看向凡妮莎。她緊盯著螢幕，皺著鼻子，把所有的錯誤都一一標出來。喬許可以猜出她一定會對自己說什麼「幹得好啊，天才！」，或是「你還有更多聰明的點子嗎？」。至於今天早上那些把他想成是路克天行者和韓索羅混合體的學生呢？他們對於這一切又會怎麼想？

喬許認為不管凡妮莎要對他說什麼侮辱嘲諷的話，都是自己活該。其他的學生則是很可能討厭他——之前是 frindy，現在又弄出這種狀況。

他把游標移到下一個錯誤，點下去。他身邊所有的人同樣用手指在鍵盤上敲打著。在這一刻，喬許出乎意料的不再感到尷尬，臉上也露出了笑容。**尼克老師也許贏了這一場戰役，但是也多虧了我，大家才可以使用筆記電腦——因此我們贏了整個戰爭！**

有那麼三十秒的時間，喬許心裡充滿了勝利的快感，因此被逼著找出電子書裡所有離譜的粗心錯誤，幾乎變成了一件好玩的事。

接著，尼克老師輕聲笑了一下。那聲音聽起來就像是他之前聽到 frindy 這個字發出的笑聲。喬許謹慎的看了一眼老師，老師坐在自己的桌子前，身上是一件皺巴巴的夏威夷花襯衫，腳上是鬆垮的襪子；他微笑看著筆記電腦的同時，一隻手抓著臉頰上的鬍渣。他看起來非常放鬆，彷彿沒有任何憂慮，而每件事也都照他想的順利進行那樣。

等一等，我擊敗他了。他為什麼還在笑呢？

接著，一個想法像是地震般震醒了他。**萬一尼克老師還有其他招數沒使出來呢？如果他的新招數會讓我再一次變成狗熊呢？**

他一點都不喜歡這一個可能性。

他舉起手，等待尼克老師注意到他。

「喬許，什麼事？」

「我昨天讓你看那一頁電子書的時候……你就注意到上面有錯誤了嗎？」

尼克老師聽出喬許的聲音中有強烈的質問意味，他抬起了眉毛。其他學生也紛紛抬起頭來。

尼克老師回答：「事實是如此，沒錯。」

「你為什麼不告訴我們？」

教室內的氣氛緊繃起來，每個學生彷彿都深吸一口氣之後便屏住了呼吸。

尼克老師站起來，開始踱步。他說：「這是個好問題。我沒有告訴你們電子書上面的錯誤，是因為人們靠自己學到東西是件好事。自己去摸索事情，自己去發現問題、感到奇怪，再進一步研究找出答案。所以說，你說的沒錯，我是可以事先告訴你們。」

尼克老師在喬許桌子的正前方停下來。「你原本可以仔細看著電子書，自己發現到錯誤，那麼我們現在可能就不需要討論這件事，你和你的同學們也就不需要做校對的作業了。」他看向教室四周，問：「還有其他問題嗎？」

沒有人出聲，尤其是喬許。

「那麼，」尼克老師說：「請繼續完成你們的作業。」

喬許乖乖照做。他感覺自己的臉頰發燙，知道自己正滿臉通紅。

為了擊敗尷尬，他讓自己進入不須思考的機器人模式，甚至連腦袋裡的聲音也是機器人的聲音：**找出錯誤，寫下來。找出錯誤，寫下來。找出錯誤……**

但是在內心深處，喬許明白尼克老師對自己說的每件事都很合理，每句話也都是對的。喬許的確太粗心大意，而他的同學此刻在為他的錯誤付出代價。

15 探索家……及盜版書

「你想說什麼就說吧。」

凡妮莎和喬許一起走到喬許的數學教室，兩人一路上都沒說話，此刻兩人正站在教室前的走廊上。

「我要說什麼？」凡妮莎問道，無辜的眼睛瞪得大大的。

「說如果我有先檢查過那本電子書，再把連結傳給每個人，這些事就不會發生了。還有，如果不是我一直要把每件事變成『跟老師比誰聰明』的大規模遊戲，這些事也就不會發生了。」

「你是怎麼了？喬許！你到底想說什麼啊？我**絕對不會**對你說這些話的！既然你這麼擅長責怪自己，我幹嘛還要浪費時間唸你呢？」

喬許哼了一聲。「對啦，你何必浪費時間。」

「不過我要告訴你另一件事。你**的確**比老師聰明。要不然你要怎麼解釋，為什麼我們現在上他的課時，都可以用筆記電腦了呢？」

凡妮莎接著說：「還有噢，尼克老師不是說了一堆我們要主動提出疑問、探索和研究等等的話嗎？我差一點就要跳起來，把你發現關於他的每一件事都大聲說出來呢。你就是提出了疑問，然後探索再加上研究，才知道這些事的啊！還有喔，如果我把你發現的一切說出來，雖然這就表示我們不得不在課堂上把他的祕密告訴所有人，我也只能說『神祕的 frindle 先生，對不起啦！』」

有那麼半秒鐘的時間，喬許很想大聲說：**沒錯，他活該！**但是他反而說：「我們也許應該把這整件 frindle 的事情忘掉。」

「什麼？為什麼？」

「因為這是他個人的事，不是我們的。」

凡妮莎挺起了下巴。「你想做什麼隨便你。我是一定要打破砂鍋問到底的！」

喬許搖搖頭，說：「但是尼克老師說的對。我昨天站起來告訴全班，電子書有多厲害、電子書有多好之類的。可是在我把那一段大聲唸出來之前，我自己甚至連讀都沒有讀過。」

「噢，對啦！」凡妮莎說：「可是……我們至少可以去跟他**談談看**吧？關於你知道的那件事？我保證我會非常友善，面帶笑容。」

喬許聳聳肩，說：「這樣又有什麼用？他不想要任何人知道他的事情，為什麼還要逼他？就算只是提起這件事，都有可能讓他認為我是想要報復他或是做類似的事。我沒有——我真的沒想過。」

「可惡啊啊啊——」凡妮莎低吼著。接下來，她嘆了一口氣，說：「我想你說的對，但是他把名字改掉的事情又怎麼說？難道你就不想要**知道**答案嗎？我的意思是，我們兩個知道就夠了呀？」

喬許猶豫了。凡妮莎說的沒錯，他的確也很想知道答案。「尼克老師才剛針對『主動學習』這件事訓了我們一頓，」他說：「所以我猜，我們**主動**研究關於他的事，應該沒關係吧。」

「沒錯！砰！」凡妮莎假裝自己拿著想像的砂鍋，然後把雙手放開，讓砂鍋落到地上裂開來。她帶著笑聲快步衝過走廊去上下一堂課。

喬許趕在上課要遲到的幾秒鐘之前，偷偷溜進傅莎若老師的課堂，坐到位子上。他也利用這幾秒的空檔在鍵盤上打出一張清單：

粉靈豆

尼克・艾倫

消失八年

他在每一行後面又加上了問號。喬許對自己承諾，如果答案就在外頭等著自己，他一定要追查到底。

放學之後，米蓋爾到喬許的置物櫃旁攔住了他。他說：「所以說啊，你什麼時候想要接受採訪啊？我的頻道在學校有一大堆的追蹤人數，他們都很想知道關於筆記電腦的整個故事！」

喬許嚥下了口水。他完全忘了米蓋爾的 YouTube 頻道這件事。在兩堂課之前，跟尼克老師比誰比較聰明而接受採訪，看起來是一個很棒的點子；不過，他現在不確定自己想不想讓每個人知道，他把一個錯誤百出的電子書連結傳給了尼克老師多數的學生。

「我現在得去程式設計社團了，」喬許說：「晚上我有時間的話，再傳訊息給你。」

米蓋爾伸出大拇指比個讚，便離開趕著去搭校車。喬許把東西收好之後，朝圖書館走去。他很早就寫完了程式，於是把剩下的時間用來找電子版《英文寫作聖經》裡面的錯誤。

尼克老師告訴他們，先校對這本書的第一部分就好。等到喬許開始進行之後，那感覺就像是吃洋芋片──他根本就不想停下來。要不是林大衛走到印表機的路上不小心撞到喬許的肩膀，賀南芝老師可能會在好幾個小時之後，才發現喬許仍然坐在位子上，拱著背低頭看著螢幕，找尋下一個漏掉的逗號、拼錯的字或不正確的格式。這工作帶給喬許奇特的滿足感，他幾乎就像是在尋寶呢。

喬許在找出錯誤的同時，也忍不住讀起這本書──他以前可從來沒有認真做過這種事。開學第一天，尼克老師就告訴學生們，《英文寫作聖經》這本書最開始是大專院校的用書；他也對學生們解釋，這本書多數時間都是拿來參考用，而不是讓他們坐下來仔細研究的。

喬許進行到第二章一半的時候，書裡有一段文字讓他嚇得跳起來。

十七、剔除不必要的字詞

有力的寫作要簡潔。一個句子不該有多餘的用字，一段話也不該有多餘的句子；就像一幅畫也不該有多餘的筆觸，而一部機器不該有多餘的零件那樣。

「剔除不必要的字詞」是多麼簡單清楚的想法啊——幾乎就是二元化了！喬許覺得自己以前聽過這句話，只不過他很確定如果有人曾在課堂上大聲讀出這一句話，自己肯定會記得的。

儘管如此，這些話感覺還是很熟悉；接下來，他突然想起來了。他取出《Python之禪》，開始讀著目錄頁。他第一次感到震撼的感覺，因為這個簡明的說法，跟他剛剛在《英文寫作聖經》裡面讀到的幾乎一模一樣。他立刻就看到跟「剔除不必要的字詞」幾個字搭配的一句話：

勻散比密實好。

下一句話也很符合同樣的情況，只是它更加簡單：

可讀性才是王道。

接下來，某一件事實也讓他再次受到震撼。他心想：**尼克老師對《英文寫作聖經》著迷的程度，就跟我對《Python 之禪》著迷的程度是一樣的。難怪他會對電子書這麼反感。如果有某個人亂搞《Python 之禪》這本書，我鐵定也會生氣！**

他簡直不敢相信這個事實。尼克老師和《英文寫作聖經》作者教的寫作方式，竟然和寫程式有這麼多相似的地方。讓事情保持單純直接，遵守規則，你自然就會得到好的結果。

尼克老師一直都在教我如何利用英文寫程式，再看看我做了些什麼？駭進「他」的程式裡，結果把自己弄成一個徹頭徹尾的混蛋！

「喬許，你對《Python 之禪》這本書入迷了嗎？」

喬許抬頭，看見賀南芝老師笑咪咪的從他的肩膀上方讀這幾行字。

「我永遠都不會忘記把《Python 之禪》這本書介紹給我，並教我寫程式的人。」她繼續說：「他是電腦魔法師，**也是獨一無二的老師。**」

賀南芝老師以前是一間網路安全公司的程式設計分析師。她在家工作，一星期會抽幾個下午在中學裡義務當程式設計老師。

喬許腦子裡浮現了一個念頭：還有誰比她更適合回答「為什麼會有一本錯誤百出的電子書」這問題呢？

「賀南芝老師？你知道為什麼電子書會有一大堆拼字錯誤及格式錯誤等問題嗎？」

「這得看是什麼情況，」她回答：「如果這本電子書一開始就是數位出版，意思是沒有其他任何的形式版本，那麼不管書是誰寫的，都有可能出現錯誤。」

「如果這本書一開始是真的書呢。事實上，我說的是這本書。」喬許把書從背包裡拿出來給老師看，繼續說：「這一個是它的電子書。」

他把《Python 之禪》這本書合起來，坐回椅子上，好讓賀南芝老師看到他筆記電腦螢幕上的《英文寫作聖經》。

「哎呀，」她說：「我光在這一頁就發現了三個錯誤呢！我還沒辦法確定原因……不過我猜最有可能的是，這是本盜版書。」

「盜版書？」

「有人先掃描了真正的書，之後再用軟體程式把它轉成數位格式。如果出版社或是作者同意對方這麼做的話，就是合法的。但是如果沒有獲得出版社或作者的同意就這麼做，那就是違法的——也就是**盜版侵權**。而且快速掃描往往會出現錯誤，而盜版的人根本也懶得去改正。因此有時候就會出現一大堆的錯誤，就像這電子書一樣。」

她停頓了一下，臉上出現疑惑的表情。「不過，這電子書的問題可能不只是出現錯誤而已哪。」

「什麼意思啊？」

「盜版電子書的人有時候會在連結中夾帶病毒。」

喬許的眼睛瞪大了。電腦病毒可是壞消息啊。病毒可能會刪除全部檔案，癱瘓整個系統，甚至是更糟的狀況！

每一間學校的電腦都會安裝防毒軟體程式。這些軟體都很好，但即使是最好的軟體也沒有辦法攔截全部的病毒。

賀南芝老師說：「為了安全起見，我們先掃描你的電腦看有沒有病毒吧。」

喬許的心猛跳個不停，他先把程式拉出來，再按下開始鍵。螢幕上出現了一個彩色的輪子，顯示軟體進行的速度。幾秒鐘過去了。一分鐘過去了。

喬許的心思轉得比輪子還快速。如果這本電子書有病毒，他的筆記電腦可能已經被感染。如果他的筆記電腦中毒了（他用力把口水吞下去），那麼凡妮莎、米蓋爾、韓特，以及每一個用了這個連結的學生，他們的筆記電腦都有可能中毒。

他原本以為自己是個英雄，將這個電子書分享給別人。但萬一他其實只是一個毫不受控的混亂呢？

16 完美

筆記電腦發出響聲，彩色輪子消失了。在原來的地方出現了來自軟體的一則訊息：

恭喜，未發現任何威脅。

喬許安心的嘆了一大口氣。賀南芝老師拍拍他的肩膀，說：「你很幸運。不過，喬許，你每個星期一定要至少掃一次防毒軟體。永遠只從可以信賴的網站下載電子書，像是學校的圖書館，好嗎？」

「好的。」

喬許把筆記電腦放進背包裡的時候，還在想著差一點就發生的災難。當天晚上吃晚餐的時候，他心裡想的也全是這一件事情。他傳了一則訊息給凡妮莎及其他同學。儘管大家都有些不高興，還好，感謝老天，沒有人感染電腦病毒。喬許整個人心驚膽跳的，直到知道整件事平安落幕了，他才真正放心。

現在呢，他只感覺到一股怒氣。他對自己的愚蠢生氣，也對那個做盜版電子書的人生氣。

我不敢相信竟然會有人做這種事！他推開門走到房間裡，腳步突然停了下來。蘇菲正爬上他的椅子要爬到書桌上！

「蘇菲！不可以！」

「分兜！」她手裡抓著某樣東西，胖胖的小手撞到了一疊書，書本全落到了地板上。如果喬許沒有即時抓住蘇菲，她就會跟著摔到地板上了。他說：「小鬼，小心點！你差一點掉下來了！」

蘇菲在他的手臂裡扭動著，再度朝書桌的方向爬過去。「分兜！有分兜！」

喬許沒有笨到給他的妹妹一枝筆。他把她放到地板上，拿了爸爸的舊計算機給她。

「分兜！分兜！分兜！」蘇菲東倒西歪的走出房間，手指不斷按著計算機上面的按鈕，小小的螢幕上面亮出各種數字。

喬許開始把書一本疊一本的放回自己的書桌上。這些都是他最喜歡的書，是他父母親以前在他睡覺前唸給他聽的書。他很久沒有拿起這裡任何一本書來看了，不過他還記得自己躲到棉被裡聽故事的時候，那感覺有多棒。

一本書的封面插圖吸引了喬許的注意。書名《夏綠蒂的網》（*Charlotte's Web*）幾個字被纏上了蜘蛛網。在一個抱著小豬的小女孩前方，有隻蜘蛛懸在牠吐出的絲線末端。插圖下方則是作者的名字：E. B. 懷特（E. B. White）。

E. B. 懷特……我在哪裡聽過這名字啊？

他努力回想著，卻想不出任何事情——直到他坐下來準備做回家功課的時候。當他從後背包裡拿出《英文寫作聖經》的紙本書，答案就在他的眼前：作者是威廉．史傳克二世（William Strunk Jr.）和……E. B. 懷特！

「怎麼可能？」他在這兩本書之間看來看去，問了自己一個二分法問題：寫這兩本書的人是同一個 E. B. 懷特嗎？**是**或**不是**？

他在網路上快速搜尋之後，答案出現了：**是**。英國文學教授威廉．史傳克二世在一九一八年寫了這本書，E. B. 懷特在一九五九年增添了新的內容——也就是在懷特寫了《夏綠蒂的網》的七年之後。根據網站的記載，懷特曾經上過史傳克教授的課！

喬許試著想像自己在讀一本尼克老師寫的書的畫面。他搖了搖頭，這種想法太詭異了。他翻開《夏綠蒂的網》，翻到書名頁。他不記得自己什麼時候在這一頁寫下了自己的名字。喬許露出了笑容，因為自己現在寫出來的字還是跟以前一樣歪七扭八的。

突然間，喬許想起了尼克老師之前上課時說過的一件事：「我在書裡寫下我的名字……這樣子我就可以跟我的孩子，或是我的孫子分享。」

喬許沒有孩子也沒有孫子，但是他有個小妹妹。他很懷疑自己會把《英文寫作聖經》傳給蘇菲……但是，這一本《夏綠蒂的網》呢？他倒是可以想像這個畫面。

或許他還可以朗讀這本書給蘇菲聽，就跟父母親以前為他做的一樣。她現在還太小，不過也沒問題——他發現自己想要再重讀一次這個故事。他把這本書擺在床頭櫃上面，然後拿出了筆記電腦。

那張找出電子書錯誤的清單上面有密密麻麻的一長串，他原先感覺到的憤怒又出現了。只不過這一次不同了。不知怎麼的，他的感受更加深刻；因為不管是誰盜版了《英文寫作聖經》這本書，他並不只是盜用了一本書，這個人也盜用了E. B. 懷特。當然，這不是指盜用他本人，E. B. 懷特很久以前就過世了。

但是E. B. 懷特的名字出現在那本爛到爆的電子書上，這就是不對。事實上，整個事情就是非常非常的糟糕。喬許決定自己應該要做點事情，他得想出一個新計畫來。

17 大螢幕

喬許不知道這校車是怎麼回事。車上的學生彼此說笑打鬧，校車司機會突然的啟動或停頓車子，引擎轟隆隆的怒吼，車門噹啷打開再關上——這一切都很難讓校車看起來像是個讓人思考的好地方。但是當喬許看向窗外，或是往下看著地板上的墊子，有時候往往讓他覺得自己的心靈變成了一座島，是在一片移動的喧嘩海洋中那個靜止的小點。偶爾，一個點子就像是一隻海鷗突然從天空咻的飛下來那樣，優雅著陸。

在這一個星期五下午，喬許腦裡的點子吶喊著要看到具體的行動，因此他傳了一個簡短的訊息給凡妮莎：我們來找出那個盜版的傢伙吧！

凡妮莎：啥？

喬許：抱歉。我忘了你還不知道。《英文寫作聖經》裡面會有錯誤，是因為某個傢伙沒有經過同意，就偷用紙本書的內容。我們把那男生找出來吧！

凡妮莎：也可能是女生唷。盜版的人也可能是女生。

喬許：當然。我們把那個人揪出來吧。我們只需要做一件事就行了。

凡妮莎：這件事又會牽扯到……演算法嗎？

喬許：我是**認真的**。

凡妮莎：好啦好啦，對不起。

喬許：你要加入嗎？

凡妮莎：當然要啊！

喬許：好。明天過來？一點如何？

凡妮莎：還是你騎腳踏車來這裡？我們可以騎到峽谷公園，然後決定計畫。

喬許：沒問題。明天下午一點。你家。

凡妮莎：酷。

峽谷公園步道是一個十四公里長的環形步道，大部分都是平滑的石子路，凡妮莎在那裡騎腳踏車至少有十二次了。頭盔、手套、太陽眼鏡，以及二十七段速的腳踏車等裝備，似乎讓她變身成為納斯卡賽車（NASCAR）的車手了。凡妮莎的父親才剛把腳踏車從他的皮卡貨車拿下來，凡妮莎立刻踩著腳踏車離開。

她轉頭朝喬許大喊：「我會在沿著山脊過去的避難小屋等你唷！」

凡妮莎的父親喊著：「不要騎太快。」可惜凡妮莎已經消失在步道盡頭的灌木叢後面。因此他對喬許說：「提醒凡妮莎，我會在停車場等她，好嗎？有任何問題就打電話給我。」

「好的，」喬許說：「等會見。」

這是喬許第四次和凡妮莎一起騎這個步道。事實上，應該說是他每次都騎在凡妮莎的後面，而不算一起騎。喬許一點也不覺得困擾。不管是上坡還是下坡，他喜歡以自己的速度前進，尤其是下坡這一段。

爬上山脊的部分不會特別陡峭，但喬許還是打到了最低檔。對一個把多數時間都花在敲打鍵盤的小孩來說，他的體能算不錯的，不過今天他不想要創下什麼紀錄。

他最喜歡這步道的部分就是上坡這一段路。他喜歡必須出力保持穩定，以及兩條腿和呼吸彼此交錯的節奏。整個過程幾乎都是自發性的運作，因此讓他的心靈可以自在的漫遊。

喬許才開始複習自己試著記熟的 Python 內建函數裡的一長串名詞時，一個男人大喊著：「小心你的左邊！」

一輛後面拉著兒童拖車的腳踏車飛馳而過，喬許趕緊閃向右邊，然後抬起頭，對於自己的思緒被打擾感到不高興。他正打算繼續複習內建函數的名詞時，前方騎士身上的兩樣東西吸引了他的注意：那人的安全帽裡岔出來的紅色頭髮，以及夏威夷襯衫。

尼克老師？不，怎麼可能？可是……他的確很常騎腳踏車來學校，還有啊，他有一個小孩。

喬許把腳踏車檔速調成高檔，加快了速度。如果他在上坡的部分跟得夠緊的話，等到他們同時沿著山脊進入比較平坦的地方之後，就很有機會趕上對方，那麼他就能看清對方的臉了。

不管這個人是誰，他騎上坡時顯得相當輕鬆。等到喬許抵達山脊的時候，已經不停喘氣了。那輛腳踏車後面的拖車從遠處看像是一個小黃點，正被拉進一個轉彎處。因此喬許把速度放慢，再從繫帶扣環的地方抓起水壺，喝了一大口。

大約五分鐘之後，喬許終於繞過了轉彎處，繼續朝著避難小屋前進；等到凡妮莎出現在他的視線內，喬許發現凡妮莎旁邊竟然站著尼克老師——他用一隻手抱著幼兒靠坐在自己一側腰間。

「嘿，喬許！凡妮莎告訴我，我剛才超車經過的那個人一定是你呢。這是我的女兒莉莉。你要不要跟喬許打聲招呼呀？」

小女孩搖搖頭，轉過頭去。她有著跟父親一樣的紅髮和藍眼睛。

「她平常沒有這麼害羞的。」尼克老師說道。

尼克老師把女兒放下來站好，再牽著她的手，朝避難小屋後面的護欄走去。「我們去看看自然的大螢幕，好嗎？」

凡妮莎和喬許兩人把腳踏車靠在一張野餐桌旁之後，跟了上去。

護欄後方的景色一向都讓喬許感到頭昏。陸地到了這裡就往下墜到深處，每當喬許站在這個地方，心裡非常肯定那些西班牙人移民在幫這一個鎮取名字的時候，很可能站在同樣的位置，大聲說出這幾個字：「多麼清晰壯麗的景色啊！」往西北邊看去，洛杉磯盆地的邊緣往上隆起，被煙霧遮掩住。不過往正西方看去，視野卻很清晰，如此一路延伸到太平洋去。

凡妮莎開口問道：「為什麼你會把這裡稱為大螢幕呢？」

尼克老師露出笑容，指著他女兒說：「從莉莉一歲開始，我們每個月至少會上來這步道一次。有一天當我們停在這個地方往外看出去的時候，她把兩個手臂往兩旁張開，說：『大螢幕！』我用手機把這景色拍下來，那天晚上回到家的時候拿給她看，不過她把手機推開，說：『不是！大螢幕！』」

凡妮莎笑了起來。「我**喜歡**她那麼說！」

「我也是。」尼克老師說。接著，他轉頭看著女兒。「莉莉，我們現在要走回去腳踏車那邊，然後騎回家。你要自己走路還是我抱你？」

莉莉抬起手臂，說：「抱抱。」尼克老師把她抱了起來。

喬許跟在他們旁邊走著，尼克老師轉頭看他，說：「凡妮莎說，你超級想問我一件事情。你想知道什麼事呢？」

喬許看了凡妮莎一眼，不過凡妮莎避開他的視線，繼續試著逗莉莉笑出來。

「呃，對，」他對尼克老師說：「沒錯。我……我想要問你……我的意思是，這可能有點牽涉到個人隱私……」

陽光照在喬許的臉，那一瞬間讓喬許幾乎想要開口問關於 **frindle** 筆的事。「呃，你怎麼會這麼喜歡穿夏威夷襯衫呢？」

這句話救得漂亮，喬許看到凡妮莎露出笑容，不過仍然努力避開他的視線。

尼克老師笑了出來，這也讓他的女兒笑起來。「我跟我太太在婚禮結束之後，去了夏威夷度蜜月，結果我帶了三件超級誇張的襯衫回來。我猜，我穿它們的次數多到引起了別人的注意吧。從那時候開始，每一年我都會從朋友和家人那裡，收到幾件襯衫做為禮物。所以我就有這一個可以自動汰換免費舒適襯衫的供應系統；再說，我非常喜歡它們這麼鮮豔的顏色——莉莉也很喜歡這些襯衫。如果她看到其他人穿類似這樣的襯衫，就會說：『那是爸爸的襯衫！』」

回到避難小屋之後，尼克老師幫女兒進到拖車裡，扣上安全帶。他站起來，對凡妮莎和喬許笑了笑，說：「今天很高興在這裡遇見你們兩個，或許我們還會再碰到喔。」

「沒錯，」喬許回答：「就在大螢幕這裡。尼克老師，星期一見。」

凡妮莎揮揮手，說：「莉莉，再見了！」

尼克老師說：「騎下山要小心喔。」然後就騎上車朝主要的步道前進。

等到他消失不見之後，喬許轉過來看著凡妮莎。「你真是**厲害！**」

凡妮莎假裝一臉驚訝。「**什麼？**你在說什麼啊？」

「哈哈，真好笑！我有一件事情**超級想要**問他？」

「哦，這個啊！**其實呀**，我是在想，老師可能知道怎麼找到盜用那電子書的人。還是你已經知道要怎麼找到對方了嗎？」

喬許還沒來得及回答，凡妮莎就跳上她的腳踏車騎走了，車輪彈起了一堆小石子。

「我們停車場見啦！」

喬許幾乎想要再多喊些什麼，但決定還是省下這口氣吧。再說，他也沒有真的生氣。凡妮莎一定早就知道，喬許才不會因為這樣就硬是開口問關於frindle的事，而她也真的猜對了。

再說，他現在知道尼克老師有那麼多夏威夷襯衫的原因了，還挺有趣的。

騎下坡的小徑並不需要太花力氣，卻更需要專心。喬許可是透過慘烈的教訓，才學到地心引力不是他的朋友。腳踏車前進的速度一下子加快了，如果他沒有讓前後的煞車保持平衡，就很容易打滑摔出去——他可不想把這一天剩下的時間，花在把碎石從自己雙腿和雙臂裡挑出來。喬許騎得格外緩慢，不光是為了安全的原因，他也想要利用這個時間來思考。

喬許記得自己只有一次曾經在校外遇過學校老師。某個週末，他和父親到一間全電動卡丁車場去。兩人比賽了幾圈之後，到速食餐廳吃東西。喬許在那裡遇見了他三年級的老師艾德遜小姐，她就坐在隔壁桌——只不過他幾乎認不出她。

艾德遜老師在學校的時候總是輕聲細語，總是穿著卡其色長褲搭配襯衫或T恤，也永遠把一頭金髮維持到下巴的長度。眼前坐在隔壁桌的女士則是在一件紅色長袖襯衫外面搭了一件黑色皮夾克，下身是一條亮藍色的緊身褲，深粉紅色的頭髮在頭頂上四處亂翹。而且她講話**超級大聲**，跟坐在她對面的男生有說有笑。

接著，她注意到了坐在隔壁桌的孩子瞪著自己看。

喬許微微揮了揮手。「嗨，艾德遜老師！」

艾德遜老師的臉紅得跟頭上的髮色一樣。「噢……喬許！嗨！」她站起來走到喬許的桌邊，尷尬的跟喬許的父親握了手；她在介紹朋友華特的時候，更顯得十分不自在。沒多久，他們兩人便離開了。

那時候，喬許心裡逐漸升起了一個二分法問題：**哪一個才是真正的艾德遜老師？是有粉紅色頭髮的她**，**還是金色頭髮的她？**當然，他現在明白一個人在不同場合中，看起來的樣子或行為舉止會很不一樣，但仍然是同一個人，也同樣的真實。

那麼，今天在學校外頭跟尼克老師的巧遇呢？喬許覺得這個帶著女兒騎腳踏車騎上山坡的人，似乎就跟那個在學校教室裡的人一**模一樣**：同樣的笑容、同樣的聲音、同樣的笑聲——甚至穿著同樣的襯衫！

為什麼凡妮莎會認為尼克老師可能對盜版電子書這種事懂一些呢？他可是喬許見過最反對科技的人耶？如果他真的知道，為什麼在上課的時候都沒有提到這些事呢？至少可以提醒喬許一下——尤其是他如果懷疑那個連結很可能藏有病毒？

不對，尼克老師不可能有任何線索可以幫助自己追查盜版書。喬許很確定這一點。

喬許騎過表示十三公里的標記時，低頭看到了尼克老師和凡妮莎經過這裡時留下的輪胎印。儘管他們兩人早就騎遠了，但是先前經過的證據仍然留了下來。

喬許心裡突然蹦出一個念頭，他連忙握住煞車停住腳踏車。

如果那個盜版小偷也留下了蛛絲馬跡呢？我有沒有可能沿著對方留下來的線索，往回追到源頭找出那個男生……或是女生呢？

喬許懷著興奮的心情繼續踩腳踏車，這一次加快了速度。接近停車場的時候，他加足馬力衝刺，在皮卡貨車旁邊緊急煞車，再從腳踏車上跳下來。

他等不及要告訴凡妮莎這想法了。

18 呼救

「好了，把你了不起的逮捕盜版小偷計畫告訴我，我能幫上什麼忙嗎？」

此刻，喬許和凡妮莎坐在凡妮莎家起居室裡的沙發上。喬許從他的後背包拿出筆記電腦，點開了那本電子書。

「我想，那個盜版者有可能留下證據，就像是一種數位麵包屑，我們可以倒著回去找到那個男生，或是女生。」

凡妮莎笑笑的問：「好吧，糖果屋的漢賽爾。我們要怎麼找到那些麵包屑呢？」

「我還不知道，」喬許老實的說：「我想，我們可以先從看這本書開始。」

接下來的半小時，他們逐頁仔細的讀這本電子書。兩個人的發現都一樣……什麼線索都沒有。就算那個盜版者留下了任何線索，也藏得非常隱密，讓這兩個六年級生找不出來。

「還以為可以找到很多線索呢，真讓人失望。」凡妮莎把電子書關起來，身體往後倒回到沙發上。

「你要放棄了？」喬許問道。

「我們找不到任何東西的啦！」

「或許我們只是不知道要找什麼，或是到哪裡找！」

「誰會知道呢？」

「星期一放學後，我可以請賀南芝老師幫忙。」喬許回答。

凡妮莎在喬許的手臂上輕輕搥了一下，說：「你就不能在半個小時之前，想到這點子嗎？」

接著，她站起來要去拿洋芋片和莎莎醬。她在廚房裡的時候，喬許收到了米蓋爾的訊息：嘿，喬許！你現在有空接受訪問嗎？

喬許正在回覆他現在沒空的時候，想到米蓋爾提過自己有一大堆的追蹤者。那些人當中有沒有誰可能知道如何找到那個盜版小偷呢？這個方法值得試一試。

米蓋爾的家離凡妮莎家只隔著幾條街。凡妮莎知道事情經過之後，堅持要跟著一起去，兩人便騎著腳踏車來到米蓋爾的家。

米蓋爾帶著他們走到後院的一間小屋。「歡迎來到我的工作室。」他一邊說話，一邊伸手邀請他們進去。

喬許看著屋內，眼睛一亮。屋內空間雖然小，整個看起來就像是脫口秀場景：兩張彼此相對的椅子，一張桌面上擺了綠葉植物的小桌子，還有一個可以放米蓋爾手機的三腳架。

「這裡沒有什麼貴重的設備，」米蓋爾說：「不過照樣可以順利完成工作。」

凡妮莎站在三角架的後方觀看。喬許坐在一張椅子上，順手把後背包擺在手機拍不到的地板上。米蓋爾把他的手機裝到三腳架上。突然間，喬許感到緊張了。

「訪談會怎麼進行啊？」他問道。

「我會問你一些問題，你自然回答就好了。就像我們在聊天一樣。然後，我會剪輯影片，把不順或無聊的部分拿掉。」

喬許這下才感到安心一些。

米蓋爾按下了手機上的錄影鍵，接著在另一張椅子上坐下來；他面對著鏡頭，露出爽朗的笑容。

「忠實的粉絲們，歡迎回來！我是米蓋爾，今天我的來賓是喬許．魏立特。」

喬許不自在的揮了一下手，結果差點弄翻盆栽。凡妮莎用雙手遮住憋笑。

米蓋爾繼續說話，彷彿什麼事都沒發生。「你們很多人都把喬許當成神奇大師，因為他竟然能夠讓某位英文老師同意在他的課堂上使用筆記電腦。」他轉過來面對喬許，說：「喬許，告訴我們這是怎麼發生的吧。」

「米蓋爾，如果你同意的話，我其實想要談另外一件事情。這跟筆記電腦在某種程度上是有關聯的。」

米蓋爾看起來有些困惑，不過還是點了點頭。

喬許把臉面向鏡頭說話：「我要談的事情跟一本很糟糕的電子書《英文寫作聖經》有關。」

米蓋爾清了清喉嚨，問：「《英文寫作聖經》？你確定這是你想要談的話題？」

「我很確定，但我要談的不只是這樣。」喬許伸手把後背包拉過來，拿出一本《夏綠蒂的網》，開口問：「米蓋爾，你曾經讀過這本書嗎？」

米蓋爾拿起了書。「當然啊，不過是很久以前的事了。故事是在講一隻叫做韋伯的小豬，以及一隻叫做夏綠蒂的蜘蛛。那隻蜘蛛在她的蜘蛛網上寫字，要來拯救小豬的生命，對嗎？」他露出了笑容說：「我喜歡這故事。」

「我也是。」事實上，喬許在前一晚就把整本書重新讀過了一遍。他捨不得放下書本。整個故事、書中的角色，以及聰明風趣的寫作方式──所有這一切都比他記得的還要好十倍以上。雖然結局仍然沒辦法讓人太開心，但是第二次讀起來的感覺好了很多。

「可是，這本書跟電子書有什麼關係啊？」米蓋爾問道。

「寫了《夏綠蒂的網》的E. B. 懷特，也幫忙寫了《英文寫作聖經》。還記得我傳給大家的那一本電子書連結嗎？那是剽竊原版書的盜版書，也就是說，有個人在沒有取得同意的情況下，擅自製作出這本電子書。這是不合法的。這還不是最糟的部分唷。不管這個人是誰，他根本也懶得去檢查書裡面有沒有任何錯誤！」喬許攤開雙手，接著說：「想到創造韋伯、夏綠蒂及書裡其他所有角色的E. B. 懷特，竟然會跟一本充滿錯誤的盜版電子書扯上關係，就讓我很生氣。」

「我了解，」米蓋爾點點頭說：「但是我們能做什麼？這本書已經存在網路上了，任何人都可以隨時下載。」

「但是如果那本書沒辦法下載呢？」喬許回答他：「如果我們可以追蹤到那個盜版

小偷，逼對方刪掉那個電子書呢？」

米蓋爾皺起眉頭，問：「這有可能嗎？」

「我不知道，」喬許老實回答：「但是我希望你的追蹤者當中有人知道怎麼做。也希望那個人可以盡快跟我聯絡。」

米蓋爾再度面對鏡頭說話：「各位，你們聽到喬許的話了。如果你對於如何追蹤盜版小偷有任何的想法，請跟喬許分享，也可以在影片下方的留言區張貼留言。也請不要忘記為這個影片按讚，還有訂閱我的頻道喔！」

米蓋爾站起來，關掉了手機。「好了，」他說：「這跟我預期的訪問不太一樣，不過非常有趣。說到有趣……」

他拿起喬許擺在桌上的《夏綠蒂的網》，問：「可以跟你借這本書嗎？」

19 任務，發出警訊

凡妮莎和喬許騎腳踏車回到了凡妮莎的家。在等待喬許的媽媽來接他回家時，凡妮莎對喬許說：「就算你的訪問沒有達到目的，我們還是可以做一點事。」

「什麼事？」

「把那個錯誤百出的電子書從我們的筆記電腦刪掉，忘掉這整件事，然後享受傳統紙本書的好處。我們**也可以**從圖書館下載正確版本的電子書呀。總之，剛才的腳踏車之旅還挺好玩的，對嗎？我們遇見了尼克老師，也看到了風景？」

喬許點點頭，說：「沒錯，是很好玩。也許你說的對，我們應該刪除那電子書。不過我還是比較想把那本電子書從全世界刪除掉，而不只是刪掉我筆記電腦裡這一個！」

喬許的媽媽來接他了，兩人把喬許的腳踏車用彈力繩固定在後車廂裡。

「學校見了！」凡妮莎說道。

喬許回答：「好，再見。謝謝了。」

回家的路上，喬許對媽媽提到了一些他們出去騎腳踏車的事，剩下的時間就只是安靜坐著沒說話。他的媽媽以為喬許是因為累了，事實上原因不只是如此。

喬許還沒有辦法明白，為什麼這本電子書對自己的感覺竟然如此重要。最合理的事情就是照凡妮莎說的去做——把這整團混亂刪除掉，不再去想它。

不過刪掉筆記電腦裡的電子書，並沒有解決整個問題。那些錯誤還是會永遠存在，不管喬許有沒有看到都一樣。

那天晚上，喬許在研究一行程式碼的時候，一個回憶猛然衝上心頭。他打開自己的老朋友《Python 之禪》這本書。在一長串格言的下半部分，喬許看到了自己正在尋找的東西：

錯誤不該被無聲的忽略，除非你是刻意為之。

那本電子書**充滿**錯誤。我們真的要包容這些錯誤而不做任何反應，甚至不去警告任何人嗎？這就像是違背了一個好的程式設計該有的所有準則，也違背了喬許想要捍衛的一切。對他來說，寫出一個很糟的程式是一種侮辱，是對智力及效益的攻擊，對時間、精力和思考的浪費。而那本爛到爆的電子書給他的感覺正是如此——不僅羞辱人，也是徹徹底底的不道德。

兩天以前，喬許不知道這本書有任何錯誤，但是現在他知道了；如果自己不做點什麼，從這一刻開始，這些錯誤也就永遠會有一部分是**他**造成的。

真的要讓這些糟糕的東西留在世上，而不先試著轟轟烈烈的對抗一次嗎？他才不要做這種事。

喬許鑽進棉被裡的時候，對自己許下了一個承諾：**我要盡一切努力，去防止這些錯誤繼續留在這個宇宙！**

下一秒，他覺得自己非常蠢。為什麼要許下一個這麼重大又誇張的承諾？自己對這整件事這麼憤怒，卻幾乎沒有任何人關心呢？

但是喬許接著又想到：**承諾就是承諾，而且自己需要實踐這個承諾——就算只是為自己而做也沒關係……不對，我就是為了「自己」做這件事的！**

喬許不在意到頭來會不會只有自己一個人扛下追查盜版書的任務。不過到了星期天早上，他發現自己竟然有了志同道合的夥伴——某個有著神祕名字的夥伴。

米蓋爾打電話來的時候，喬許正在吃早餐。

「我已經把你的訪問放上我的 YouTube 頻道了。」他說：「去看看第七個留言吧。」

喬許照著米蓋爾的話去做，不過他沒有開啟影片。他在前一晚就已經看過採訪影片了。看一次自己在螢幕上的表現就很夠了，尤其是米蓋爾並沒有剪掉他差一點撞翻盆栽的畫面。

他用滑鼠將影片下方留言區的評論滾動到第七個留言。留言的人是這麼寫的：

> 先去找網域的註冊名稱。然後再找這註冊名稱的電子郵件地址。

這則留言的署名人叫做「夏綠蒂的朋友」。

「夏綠蒂的朋友？這是誰啊？」喬許問。

「肯定是學校裡某個人啦，追蹤我頻道的大部分都是學生。」米蓋爾這麼回答。

兩人說話的同時，留言區出現了一條新留言：

需要幫忙的話，告訴我！

留言者署名「梅麗莎黑」——也就是梅麗莎・黑文斯。喬許也認出了其他學生的名字，就算是那些沒有使用真名的學生也一樣，韓特就是其中一個，儘管他用了「瓦斯韓特」這個假名。

但是這位「夏綠蒂的朋友」是誰呢？真的是喬許的同班同學夏綠蒂嗎？或者，留言的人指的是《夏綠蒂的網》裡面的那隻蜘蛛夏綠蒂？

不管答案是哪一個，這個留言是他目前收到唯一具有建設性的建議。唯一的問題是，他不知道要怎麼找網域註冊名稱——也不確定自己該不該這麼做。最近的病毒危機讓他變得格外謹慎。就算他真的找到了註冊名稱，他又能拿這個註冊人的電子郵件地址做什麼呢？

「我去程式設計社團的時候，會問問賀南芝老師這件事情。」他這麼告訴米蓋爾：「幫我禱告吧！」

兩人結束通話之後，喬許關掉了 YouTube 頁面。正要關上筆記電腦的時候，他的眼睛瞄到「Frindle 祕密檔案」。

出於某些理由，喬許之前並沒有告訴凡妮莎關於這些檔案的事，而他也找不到理由現在才告訴她。他嘆了一口氣，把檔案拖進垃圾桶裡。

但是到了隔天晚上，他又把檔案從垃圾桶拖出來，因為他在 Frindle 祕密檔案裡，發現了一些跟尼克老師有關的事情——那些事情簡直讓人難以相信。

20 驚人的消息

星期一放學之後，喬許匆忙走過辦公室，接著他隔著圖書館窗戶往辦公室看去，看到了自己所期待的一幕。到目前為止，這一天就跟其他日子一樣，沒有什麼特別的。也沒有什麼出乎意料的事情發生。此刻，他一個人坐在程式設計社團的桌子旁，賀南芝老師則是彎著腰在她的筆記電腦鍵盤上打字。

喬許走到賀南芝老師的桌子旁時，她還是持續在鍵盤上敲打著，幾乎沒有抬起頭。

「程式寫得如何？」她開口問：「你的遊戲架構有任何進展了嗎？」

「還沒有，」他回答：「我正在研究另一個謎題，這一個**比較困難**，希望老師可以幫我。」

賀南芝老師停止打字。「只要是跟寫程式有關的問題，我很確定自己可以幫上忙。」

喬許也知道這一點。「其實，」他說：「這跟我上星期給你看的《英文寫作聖經》電子書有關，老師也知道的，就是那一本充滿錯誤的盜版書。」

她皺了皺鼻子，說：「我記得，那本書怎麼了？」

喬許打開自己的筆記電腦，找到他在YouTube的訪問，按下「播放」鍵。賀南芝老師抬起了眉毛，不過還是看完了整個影片。喬許看到盆栽那段落時很尷尬，也很感激老師沒有笑出來。等到影片結束，他滾動滑鼠把游標往下移到第七個留言。

「啊，」賀南芝老師讀完之後，說：「你想要知道如何找到網域的註冊人。」

「沒錯！你可以幫我嗎？」

讓他失望的是，賀南芝老師搖搖頭。「喬許，很抱歉，我不是在這方面指導你最適當的人。不過，學校裡有一個人可能可以幫你。」

「真的嗎？誰？」

「尼克老師。」

喬許覺得一定是自己聽錯了。「尼克老師嗎？呃，我不這麼認為耶。他超級反對科技的，我也覺得他連手機都沒有。」

賀南芝老師笑了出來。她說：「如果我是你，我可不敢這麼肯定喔。記得我告訴過你那位指導我的老師嗎？就是介紹我讀《Python 之禪》的那位？」

「我記得啊，那個獨一無二的電腦魔法師……等一下，」喬許的下巴都快要掉下來了。「你說的就是尼克老師？」

她點點頭，把身體湊近一些，低聲說：「他不喜歡任何人知道他是電腦天才的事。我在大學的最後一年，怎麼努力就是搞不懂 **Python** 和 **Java** 這兩個程式語言。他私底下教了我三個月，讓我高分通過這兩門課。他還幫助我在科技業拿到第一份工作。」

喬許知道賀南芝老師在學校當志工，因為她覺得幫助孩子學習正確使用電腦的方式很重要——很顯然，這又是尼克老師教給她的另一件事。

「我不懂耶，」喬許說：「他為什麼要把這一切都當成祕密？如果我是電腦天才，我一定會在屋頂上大喊出來讓大家知道！」

「我很確定你會這麼做，同樣的，我也很確定他**不想**大聲說出這件事，有自己的理由。至於是什麼理由，你就只能自己問他了。」

等到其他學生出現，他們的對話也中斷了。喬許很喜歡這個社團，但是今天他有滿滿的心事，沒有辦法集中注意力。

尼克老師是電腦魔法師？不可能。

等他聽到第二聲鈴響的時候，他舉起手，問：「賀南芝老師？我今天可以先跳過小組練習嗎？」

老師笑了。「喬許，你去忙吧，祝你好運。」

喬許抓起筆記電腦和後背包，衝過圖書館及走廊，左彎右拐的及時跑出前門，總算趕上了三號校車。他找到一個位置坐下來。喘口氣之後，便傳訊息給凡妮莎。

喬許：告訴你一個驚人的消息……

凡妮莎：現在打電話給我！

喬許：我在公車上。回到家打給你。

凡妮莎：什麼？程式男孩竟然不去上 Python 社團？世界末日來了？

喬許：很好笑。等會再說。

凡妮莎：👍

今天的校車似乎開了好幾個小時才讓喬許回到家。他進門之後直接走進廚房，坐到餐桌旁。

喬許的父親從樓上喊他：「喬許，到家了？」

「嗨，老爸。」

「媽媽和蘇菲這個下午都跟奶奶在一塊，我現在在回一些電子郵件。不曉得家裡還有沒有點心哪。」

喬許回答：「沒關係，我會自己找東西吃。」他找到了一包洋芋片，正開始嚼洋芋片時，他的手機響了。喬許看了一下螢幕，忍不住搖頭。凡妮莎真是沒耐性，任何事情都一樣。

他拿起另一片洋芋片塞進嘴巴裡之後，才接起電話。「我說我會打給你。」

她說：「你嘴裡是不是塞滿食物啊？」

他把洋芋片吞下去，回答：「沒有。」

「騙人。我知道你打給我之前，一定會先吃東西。所以我才打給你。」

喬許笑了。「好啦，好啦……你現在是坐著的嗎？」

他聽到一陣窸窸窣窣的聲音。

「我現在坐著了。」

「好。聽清楚我要說的驚人消息唷。教我程式設計的賀南芝老師說，她在唸大學的時候有個很厲害的家教老師，是研究所畢業的天才，他有可能幫助我們追查到那個盜版小偷；還有唷，這個人現在在我們學校工作——你猜是誰？」

「嗯……傅莎若老師？」

「不是。」

「柯爾曼老師？」

「不是，」喬許回答：「是尼克老師！」

「**少來了！**」凡妮莎說：「她在跟你開玩笑的。」

「才不是呢，」喬許回答：「賀南芝老師不是這樣的人。不過，你知道這代表什麼意思了，對吧？」

「沒錯。X和Z兩人現在又知道Y的另一個祕密了。」

這下子換成喬許呆住了。他說：「啊，對耶。不過我的意思是說，關於尼克老師來到克拉拉遠景中學之前的情形，我們現在又有了新的線索。如果我們能查出賀南芝老師上哪間大學，是什麼時候畢業的，我們就有明確的地點和時間點，可以加進我的 Frindle 祕密檔案裡。」

接下來是一陣沉默。

「加進**什麼**檔案？」凡妮莎問道。

「加進Frindle祕密檔案。我把所有關於尼克老師的一切事情，都存進我筆記電腦裡一個資料夾，叫做Frindle祕密檔案。」

「噢，當然了，你當然會這麼做。」

喬許繼續說下去：「沒錯。我昨天晚上把它移到垃圾桶裡，不過我要把它再拉回來放到電腦桌面。不管你現在想說什麼，我知道我們之前同意不要再去挖他的過去，但那是在我們得到這個很棒的線索之前，現在可以繼續追查下去了。」

「我們一定會追查下去的。不過，首先我有一個重要的問題：X跟Z要怎麼讓Y同意，幫忙找出那個盜版小偷，又不會讓他知道他們已經知道Y是個電腦天才呢？」

這個問題問得很好，可惜喬許也沒有答案。

暫時還沒有。

21 為韋伯而戰！

那天晚上，喬許完成了找出《英文寫作聖經》電子書裡的所有錯誤之後（這份作業用藍色原子筆寫得很整齊），一個想法浮上心頭。他先把這張紙放進後背包，再點開那本盜版的電子書。

「這是史上最糟糕的位元組合了。」他忍不住嘟噥抱怨著，同時間想起尼克老師那天是如何批評這本電子書。接著他也記起了賀南芝老師說過，那個盜版小偷根本懶得改正錯誤的一番話。

這意思是不是說，其實是有方法可以改正這些錯誤呢？如果真的是這樣，這位喜愛《英文寫作聖經》的英文老師（又是個祕密電腦天才），難道就不會想要把這些錯誤全改掉嗎？

星期二早上，喬許在前往一一三號教室上課的路上，對凡妮莎說了他的想法。「是有這個可能，」凡妮莎說：「話說回來，也可能被直接打槍。我的意思是，結果可能比從沙板直接倒栽蔥那次，還要慘十倍！」

「我願意冒這個險。」喬許露出微笑，握住雙拳高舉過頭，大喊：「為韋伯而戰！」

「為**什麼**而戰？噢，你指的是《夏綠蒂的網》裡面的小豬。」凡妮莎笑嘻嘻的說：「如果我們要為這次的任務取一個戰鬥口號，不是應該要說『為文法而戰』嗎？」

喬許做出嚇壞的表情。他說：「你是開玩笑的，對吧？」

「當然啊！」凡妮莎笑了出來，也跟著握住雙拳，高舉過頭喊著：「為韋伯而戰！」

喬許的計畫很簡單，不困難也不複雜，他暗自希望最後不會變成一團亂。一切就看尼克老師會不會在上課之前先要他們交作業了。凡妮莎自告奮勇，決心要想辦法達成這任務。

「尼克老師？」凡妮莎舉起手，說：「我們現在可以交找出電子書錯誤的作業嗎？我花了好久的時間才做完，我可不希望它變髒或變皺了。」

「很好，」老師回答：「各位同學，請把作業交給你前排的同學。」

當所有學生在各自的背包裡找作業的時候，喬許舉起了手。

「怎麼了，喬許？」

喬許站起來，開口說：「我只是想為那本電子書的事情跟大家道歉。尤其是你，尼克老師。」

「謝謝你，喬許。」尼克老師回答。

不過喬許還沒說完唷。「我們辛苦找出來的錯誤卻派不上用場，真的很可惜。」

尼克老師皺起眉頭，問：「你有什麼想法嗎？」

「我們花了這麼多力氣才找出這些錯誤。我真希望可以把那本電子書裡的錯誤全部改過來，可是我們沒辦法這麼做……對吧？」

「事實上，是可以的。」尼克老師若有所思的說著：「不過這牽涉到一些複雜的電腦技巧。我擔心自己沒有時間在這堂課教大家這些東西。」

「這樣啊。」喬許假裝自己很失望，其實內心裡開心得要跳舞了。尼克老師剛才說溜了嘴，說他知道如何改掉這些錯誤，以及如何教複雜的電腦技巧！喬許開心極了，同時也鬆了一口氣。如果尼克老師剛才決定要全班同學改掉這些錯誤，他就不可能聽到尼克老師後面這段話了。

喬許坐回椅子上，說：「我猜，我們對於那本爛到爆的電子書是一點辦法都沒有。」

這本書會在外面流傳，一直到永遠。上面還有 E. B. 懷特的名字呢。」他接著看著他的同學們，說：「你們知道 E. B. 懷特也寫了《夏綠蒂的網》，對吧？」

坐在第二排的連恩說話了：「我知道，但那是因為你在米蓋爾的 YouTube 頻道上的訪問裡有提過。」

「我記得那本書，」布蘭登說：「我讀到掉眼淚呢！故事是關於一隻叫做韋伯的小豬，沒錯吧？」

「還有一隻叫做夏綠蒂的蜘蛛。」夏綠蒂笑嘻嘻的加了一句。

瑞秋哼了一聲，說：「我七歲的時候就讀了這本書。那是給小小孩看的書。」

「那麼我猜，我還是個小小孩了，」米蓋爾說：「因為我這個週末才把它讀完，我覺得超級好看！」

隨著愈來愈多學生加入討論，表達自己對《夏綠蒂的網》的意見，尼克老師乾脆把手上整疊回家作業放下來，然後打開書桌的抽屜。在那當下，喬許以為老師要拿出他的紅筆在學生的名字上做記號，懲罰他們沒有照規定發言。

但是接下來的畫面嚇了他一大跳。尼克老師拿出一臺筆記電腦，在書桌上打開來。接著他朝黑板走過去，不過他並沒有拿起粉筆，而是把黑板推到旁邊——他甚至捲起了用來蓋住白板的英語八大詞類海報！

全班立刻安靜下來。所有學生你看我、我看你，一臉困惑。**這是怎麼回事啊？**大家的表情都在問這個問題。

喬許和凡妮莎也互看對方一眼，不過他們的表情卻滿懷著希望。

尼克老師回到書桌旁，把學生的回家作業拿起來。他看著教室所有的學生，說：「我們沒有辦法改正這些錯誤，不過我們或許有辦法，讓這本電子書從網路上消失。你們覺得怎麼樣？有人想要試試看嗎？」

每個人的手都舉向空中。

「為韋伯而戰！」喬許喊著。

「為韋伯而戰！」其他人也跟著喊。

尼克老師要大家安靜下來，不過他的臉上露著笑容。他說：「看起來我們連口號都準備好了呢。」他再從書桌抽屜裡拿出一個遙控器，按下按鈕。白板亮了起來。「我們現在就開始吧。」

22 抓小偷

尼克老師開啟他的筆記電腦，直接連結到白板上。現在他在電腦上做的每一件事情，都會呈現在白板螢幕上。

「今年到目前為止，」尼克老師說：「我們都把重心放在寫出描述性的文字上，以及關於保守祕密的段落。」他露出笑容，「那次的作業很 frindy，對嗎？」

全班學生立刻哀叫起來。

「現在我們要來做點不一樣的事：寫出有說服力的文字。準確來說，是寫一封信。不管是誰把那本電子書放到網路上，這封信要能夠說服他把書拿掉。只不過這一次你們不需要自己寫，我們要一起在課堂上寫這一封有說服力的信。我們每天要花十五分鐘的時間來寫信，直到完成為止。而最後一步，就是把電子郵件寄給應該為那本電子書負責的人。」

喬許立刻舉手。

「喬許，有問題嗎？」

「我們要怎麼寄出電子郵件呢？因為我們根本不知道那個男生是誰，或是他……」

「也有可能是女生啊！」凡妮莎打斷他的話。

「或是那女生的電子郵件地址？」喬許總算把話說完了。

尼克老師點點頭，說：「你說的沒錯。我們沒有對方的電子郵件地址，但是我有辦法拿到。」他在書桌旁坐下來，將筆記電腦拉近自己一些。接著，他的手指在鍵盤上快速敲打著。他點開了瀏覽器，在網路上輸入一個網址，連結到那個網站。他等了一下，再顯示那本電子書的連結，不過沒有把它點開來。

「要找到對方的電子郵件地址，我們首先要查出網域名稱註冊的紀錄。瑞秋，有問題嗎？」

「什麼是網域——就是你剛才說的那個東西嗎？」

「網域名稱是一個很獨特的網際網路地址，就像是我們學校的網站地址。註冊機關會保留所有的註冊名稱——就像是每個城市都會保留每隻寵物狗或貓登記的名字一樣。

這樣明白了嗎？」

瑞秋點頭。其他很多學生也點了點頭。

「好了，要查到這些紀錄，你們需要網域名稱。」尼克老師抬頭，說：「喬許，或許你願意到白板那裡，指出那本電子書的網域名稱？」

喬許走到白板前面，用手指把那本電子書的連結圈起來，也就是.com前面的部分。

「謝謝你。」

喬許回到座位要坐下來的時候，凡妮莎快速對他比了一個讚。尼克老師用游標把網域名稱反白起來。接著，他剪下並複製到網站的搜尋框，按下了搜尋鍵。他的每一個動作快速又自然，就好像他之前已經做了一百萬遍一樣。喬許猜一定是這樣沒錯。

白板上，網站跳出了一個新的頁面。喬許差一點又要跳起來。「找到了！」他大喊：「那行寫著『註冊者電子郵件地址』！躲在電子書後面的人就是他嗎？」

「有可能，」尼克老師回答：「這個電子郵件地址在某個程度上已經跟那個人連起來了。」

「所以，我們要把電子郵件寄給對方了？」凡妮莎問道。

「我們要把電子郵件寄到那裡。」尼克老師這麼回答。他點了一下按鍵，把搜尋到的結果存起來，然後關掉網站和那本電子書，再關掉他的筆記電腦。

「唉唷！」全班學生小聲說著。

尼克老師的邪惡眉毛又往上揚了，不過眉毛底下的一雙眼睛閃亮亮的。「請拿出紙和原子筆。藍色或黑色的墨水都可以。」

等到每一個人拿出筆和紙之後，尼克老師指著喬許，說：「是你說服大家做這個專題的，所以我們第一步應該做什麼呢？」

所有人的眼睛都看向喬許。喬許吞了吞口水，說：「嗯，我想……首先，我們需要一個強而有力的訊息。」

凡妮莎馬上附和。「沒錯！這個訊息必須要強到可以讓盜版小偷相信。」

「盜版小偷？」尼克老師的表情很頑皮。

凡妮莎露出笑容，說：「對啊。喬許認為這一本書會有這麼多的錯誤，就是因為它是盜版來的。」

尼克老師一邊眉毛往上揚，說：「你能想出這一點很不錯。」

喬許臉紅了，不過他沒有轉頭看向別地方。他想要看清楚尼克老師對自己接下來要說的話有什麼反應。「事實上，這是我的程式設計老師賀南芝老師告訴我的。老師，你認識她嗎？」

他覺得尼克老師的眼睛有稍微張大了一些。尼克老師這麼回答：「我有幾次下課後在學校校園裡看過她。」

「她在程式設計上真的非常厲害，」喬許說：「好，回到訊息上。一開始，我們或許可以把口號寫在主旨的地方？」

尼克老師站起來，把黑板推回到全班面前。

他在黑板上寫下「為韋伯而戰！」，然後問大家：「好了，接下來呢？」

布蘭登舉起手，說：「我爸媽說，先問候收信人是個好的開始，即使寫電子郵件也一樣。你們知道的，像是『親愛的奶奶』，或者『嗨，雷思莉阿姨』之類的。」

「應該要寫可以引起那個盜版小偷注意的事情，」米蓋爾說：「寫『嘿，你這個白痴盜版小偷！』怎麼樣？」

每個人都笑了出來。尼克老師在口號下面寫下「問候」一詞。「我們之後可以再來想出合適的用字。夏綠蒂，有什麼問題嗎？」

「我同意米蓋爾的說法，嗯，不是指白痴的部分啦。我們必須引起那個盜版小偷的注意，不能只是問候而已，整封電子郵件都應該讓他注意到。」

尼克老師寫了下來：引起注意——怎麼做呢？

喬許想起當自己拿起《夏綠蒂的網》時，光是看到封面就記起了父母親唸故事給他聽的回憶。

「圖片！」他脫口而出：「加上《英文寫作聖經》和《夏綠蒂的網》兩本書的封面。因為這兩本書非常重要，而且作者都有 E. B. 懷特。我們也可以加上那本電子書裡有一大堆錯誤的頁面。」

「那不就等於是每一頁了！」韓特嘟噥說著。

尼克老師在「問候」的下面寫了「圖片」二字。「我們再加上最後一樣東西，明天再繼續。有任何建議嗎？」

凡妮莎急忙站起來說：「我想到一個！我們不要只是用一封電子郵件寄給這個盜版小偷，要不要乾脆寄給這個男生……」

「有可能是女生唷。」喬許說道。

「或是這女生一大堆電子郵件？讓對方感到很大的壓力！」

「我們也可以製作影片喔，讓對方知道我們有多希望讓那本電子書消失！」米蓋爾也參了一腳。

「我們可以讓整個六年級都加入，」韓特說：「甚至是整個學校！」

喬許整個人也激動起來。他說：「為什麼要只限於學校？我們可以聯絡圖書館員、老師，以及任何喜歡書、喜歡寫作的人，還有……還有，你們知道我的意思吧！」

尼克老師又露出他覺得有趣的表情。他說：「在這個階段，我們就專心先寫好這一封電子郵件。誰知道以後會不會有新發展呢？請大家今天晚上擬出草稿，我們明天再來討論。」他看向黑板，說：「為韋伯而戰？」

「為韋伯而戰！」

23 文字大戰

當喬許在凡妮莎旁邊坐下來準備吃午餐的時候，臉上還帶著笑容。尼克老師和英文課的同學們完全支持要讓那本《英文寫作聖經》電子書下架的行動。

他聽著凡妮莎、米蓋爾和韓特相互提點子、討論著如何寫那封電子郵件，不過他們的對話只占據了他一半的心思。

他另一半的心思則是在過濾自己目前知道跟尼克老師相關的事情。他覺得不同片段的資訊開始拼湊起來了，這有點像是在組合一個巨大的拼圖。

拼圖的外框算是容易的部分。拼圖右側是住在新罕布夏州的尼克．艾倫，手中拿著他的 frindle，靠近左側的部分則是住在加州的尼克老師，手裡拿著《英文寫作聖經》。中間的部分則是來自於賀南芝老師提供的線索，再來則是今天的證據——尼克老師真的是一個祕密電腦大師。儘管喬許可以想像出幾個模糊的可能圖案，但是整幅拼圖的全貌還是看不清楚。

就算是如此，他並沒有灰心。他的第一位Python語言指導老師要他記住一句諺語：「如果你好好把時間花在做某件事上，就會省下很多時間。」而且喬許也已經學到，一組程式函數會在突然之間就落到正確的位置上，也印證了前面的道理——**只要**他把這個問題想得夠久，也努力得夠久。

至於尼克老師「消失八年」的**問題**？這就得要花更多一點時間……不過也許不需要太久了唷。

「哈囉？地球呼叫喬許？你聽得到我嗎？」

喬許眨了眨眼睛，發現他的朋友們全都對著他笑。「怎麼了？噢，抱歉。我只是在想一些事情。」

「真的啊？」凡妮莎說：「當你在**想事情**的時候，我們已經在討論怎麼寫出最棒的電子郵件內容了。」

「我以為我們要等到尼克老師的課再做這件事呢。」

米蓋爾聳聳肩，說：「何必等呢？我們愈快把內容弄好，就可以愈早寄出電子郵件了啊。」

「我們也就能愈快讓那個盜版小偷感受到壓力。」凡妮莎說。

「好吧，」喬許說：「所以郵件內容是什麼呢？」

鈴聲這時響起來，午餐時間結束了。「現在沒時間解釋了，」凡妮莎收拾東西的時候對他說：「放學後我會到你家。我們可以再來討論看看。酷吧？」

喬許微笑回答：「很酷。」

喬許在三號校車上幫凡妮莎留了座位。凡妮莎像一陣風似的衝進來，一分鐘內講了兩百個字。

「聽好了，我一直在想關於我們為『韋伯而戰』的運動。我們需要想出新的收件人名單，才好把訊息送出去，而不光只是寄給那個小偷。當然了，他很肯定會排在這名單上面的第一個。我們再讓這些人去聯絡他們可以想到的每一個人！我之前說過了，我們還可以想想其他的地方，像是圖書館、報紙、網路論壇和部落格等等。」

「哇，哇，哇！」喬許舉起雙手彷彿在投降一樣。他欣賞凡妮莎的熱情，不過他體內的程式設計魂卻擔心她跳過了「把事情簡單化」，而直接衝進「把事情複雜化」的步驟，這樣一來就不是好主意了。

他說：「這些聽起來都很棒，但是現在最重要的事情是訊息的內容。因為如果**這個部分**沒有弄對，整個計畫就不會成功了。」

「噢，對吼。對不起。我很高興你正在想那個部分。我現在就安靜下來。」凡妮莎回答。

「我不是要你安靜不說話啦，」喬許說：「我只是要你先停止說話。」

凡妮莎笑了起來。「好啦，沒問題。」

凡妮莎隔著餐桌瞪著喬許，說：「你怎麼會這麼笨啊？我們的訊息必須引起大家的注意，記得嗎？所以我們需要用各種不同的方式，來解釋這本電子書根本就是個大錯誤。我們必須讓他們跟我們一樣感到憤怒沮喪，這樣子他們才會關心，也才會寄電子郵件給那個盜版小偷——而且不是只寄一次，是不斷寄電子郵件轟炸對方！要不然，那本電子書就會像一堆髒衣服一樣，永遠留在網路上了。」她癟著嘴，問：「喬許，你希望發生這種事嗎？」

兩人針對電子郵件的內容吵了半個小時——爭論著應該用什麼樣的詞彙，尤其是要寫多少個字。喬許寫了一封非常友善的內容，明白易懂也很簡短；但是凡妮莎寫了一封語氣強硬到幾乎是憤怒的內容，還加了很多很多細節。

喬許現在只想要用兩隻手蓋住臉，大聲尖叫。他超級想要大聲喊出：「**我的方法是對的，而你的是錯的！**」不過他立刻明白用二元法來處理這個問題是行不通的。

事實是，你如果要敘述**任何事**，至少會有一百萬不同的表達方法；就算你照著《英文寫作聖經》裡面所有的規則也一樣……而這個領悟帶給了喬許完全不同的點子。

他從後背包拿出這本書，說：「聽聽看這樣好不好：我們可以在這本書裡找一找，如果有哪個部分提到應該照你的方法來寫這一封電子郵件，就照**你的**方法來寫。不過如果找到的是說**我的**方式才是對的，那就照我的方式來寫。這樣公平嗎？」

凡妮莎瞇起眼睛，說：「為什麼我覺得這像是個陷阱題啊？」

喬許的臉嚴肅起來，說：「不是陷阱啦。你我都知道這本書解釋了一大堆幫助寫作的好技巧。我們現在碰上了寫作的問題，所以這裡面應該有些東西可以幫助我們解決問題，不是嗎？」

「是啦……是這樣子沒錯。但是我可以用我筆記電腦裡的版本來搜尋嗎？」

「當然沒問題，」喬許說：「不過你要小心喔，那裡面有一、兩個錯誤。」

凡妮莎吐了吐舌頭，這麼回答：「哈哈，有夠好笑！告訴你吧，我昨天晚上從圖書館下載了這本書的電子版。」

喬許笑起來。「我也一樣，不過我還是把糟糕的版本留起來了。」

「沒錯，」她說：「我也是。」

24 郵件訊息

此刻，魏立特家中的廚房裡安靜無聲。十分鐘過後，喬許的母親從起居室大聲喊著：「你們在裡面還好嗎？」

「媽，沒事——我們只是在查一些資料。」

事實上，喬許已經做完了自己的部分，他在等凡妮莎完成她的部分。他可以從凡妮莎臉上的表情看出來，她並沒有找到多少東西能支持自己想寄出的電子郵件內容。

幾分鐘之後，凡妮莎抬頭看著喬許，說：「好啦，你這自作聰明的傢伙，告訴我你查到了什麼吧，因為這本書裡面**沒有半個重點**提到，應該要用很多細節來強調事實；也沒有任何例子教我們，如何能讓寫作聽起來像是大吼，因為這基本上就是我想要做的事。所以咧，你找到了什麼？」

喬許回答：「只有兩件事，就這樣。首先，是『剔除不必要的字詞』，意思是我們應該要能夠只用幾個句子就說出我們的需要，這樣子比較容易讓別人了解。還有，你有看到那段關於『不要過度解釋』的部分嗎？」

「有，我看到了。」凡妮莎轉了轉眼珠，這麼回答：「我記得回家作業裡面也有這一點。我也讀到了『力求語意清楚』的部分。**好吧**，我是錯的，而你是對的。恭喜——**你贏了**。」

「不需要這麼說啦，」喬許說：「我們就是想把這件事做好，對嗎？就算我說你的方法需要修正，也只是試著讓它更好而已。這就像是，假如某一天我們要去吃午餐的時候，我看見你的鼻子下面懸掛著一個東西，你會希望我告訴你這件事的，不是嗎？」

這番話讓凡妮莎露出一絲笑容。

她說：「所以說……你現在是把我寫作的品質拿來跟**鼻屎**比較嗎？你還真是非常恭維我啊，不過你已經說服我了。我們來把正事做完，好嗎？」

感覺上，兩人再度站在同一陣線上。半小時之後，他們寫完了電子郵件的內容，這當中兩個人又爭執了一些地方，修改了一些地方，最後是檢查有沒有寫錯字。事實上，他們完成了兩則內容。

第一則內容是寄給盜版這本書的傢伙：

為韋伯而戰！給盜版小偷的草稿

主旨：為韋伯而戰！

書籍盜版小偷，你好：

E.B.懷特寫了《夏綠蒂的網》，這本書是史上最棒的書之一。

E.B.懷特也寫了《英文寫作聖經》，這本了不起的書教人如何寫出好文章。

但是，看看你這本《英文寫作聖經》的電子書：

「它事用於所有形示的文學……」

你有看到錯字及另一個愚蠢的錯誤嗎？這整本電子書幾乎就是錯誤百出！

為了優美的文字及E.B.懷特的名聲，我們請求你做正確的事。

把這本書從網路上刪除！

第二封的內容則是寫給班上同學，以及尼克老師同意的其他人：

為韋伯而戰！給班上同學的草稿

主旨：為韋伯而戰！

大家好：

我們是「為韋伯而戰」的團隊，也是一群來自加州克拉拉遠景中學的六年級學生。我們正在讀《英文寫作聖經》，這本了不起的書教人如何寫出好文章。這本書其中一位作者是E. B. 懷特，他也寫了《夏綠蒂的網》。你們還記得這本書嗎？我們記得，而且很喜歡這故事。

所以當我們發現《英文寫作聖經》竟然有一本充滿了錯誤的盜版電子書時，覺得自己得採取一些行動，不只為了E. B. 懷特，也為了韋伯。我們覺得讓這本電子書在網路上流傳是不對的事情。

如果你們也同意，我們請你們把這封電子郵件的訊息，分享給每一個你認識且喜愛《夏綠蒂的網》和寫出好文章的人！

謝謝你們，也請記住，我們是為了韋伯做這件事！

凡妮莎的父親在五點整的時候來接她回家。喬許陪著凡妮莎走到車道的時候，她問喬許：「你真的認為這麼做有用嗎？」

喬許聳聳肩，回答：「我希望有用。我想，明天就可以知道每個人的想法了。這有點像是，我們得看大家有多在乎《夏綠蒂的網》和 E. B. 懷特，再來做決定吧。也要看大家在不在乎『寫出好文章』這件事。我想，**我自己**開始在乎這一點了——我的意思是，寫出好文章這件事。」

「沒錯，我也一樣。」凡妮莎回答。她看起來似乎還有些話想說，不過她的父親已經搖下了車窗。

「明天見了！」凡妮莎說。

「再見。」

喬許真希望凡妮莎不要離開，這樣他們就可以多聊一會，除了文章以外，也可以聊別的事。

「刪除贅字」在寫作和程式設計上是個非常好的建議，但是喬許覺得聊天就需要一個不一樣的規則——尤其是跟凡妮莎聊天。或許該換成「說得多通常是好的」或者「沒有不需要的話」等等的建議，尤其像是「做得好」，或是「謝謝你」等字。這些話有雙倍，甚至是三倍的價值呢。

走回屋子裡的時候，喬許納悶自己能不能夠把話說得更好一些，或更親切一些。

毫無疑問，話說多一點，會比較好。

25 朝目標勇敢邁進

星期三早上，尼克老師第二堂課的教室鬧哄哄的。

尼克老師一上課就告訴學生，大家要先花十五分鐘的時間寫「為韋伯而戰」的電子信件內容。

喬許舉起手。

「喬許，有問題嗎？」

「昨天放學之後，我跟凡妮莎就開始寫信件內容了。事實上，我們寫了兩封。我們可以跟同學分享這些內容嗎？」

尼克老師顯得一臉驚訝。接著他啟動了白板，說：「我猜這些內容是存在你的筆記電腦吧？」

「是的。」

「那麼，請把你的電腦連接到白板，這樣子全班就可以看到了。」

喬許取出他的筆記電腦，點開兩份文件，再把它們左右擺在一起。

尼克老師教喬許如何把筆記電腦連接到白板上。「打開你筆記電腦的一般設定。點選 Wi-Fi 無線網路，接著點選白板型號 113wb，你的螢幕應該就會自動顯示在這裡了。不需要密碼。」

幾秒鐘之後，白板上就看到喬許筆記電腦螢幕上的兩個文件。

同學們立刻討論了起來。喬許試著聽取大家的意見，不過同時間，尼克老師如此純熟俐落的幫他連接到白板，又讓他有一點分心。又有一個線索可以存進他的 Frindle 祕密檔案了！

尼克老師要大家先安靜下來。「有沒有誰覺得這些內容聽起來相當好的？」

每一個人都舉起了手，當中也包括了尼克老師。凡妮莎在位子上轉頭過來，伸手假裝跟喬許擊掌。喬許露出了大大的笑容。

尼克老師拿起一疊表格，發給學生。他說：「這些是同意回條，表示你們的父母同意讓你們寄出這些電子郵件。今天晚上請家長在上面簽名。等我全部收齊之後，你們就可以進行下一步的動作。說到下一步的動作，請把你們的《英文寫作聖經》拿起來，兩個版本都要讓我看到唷！」

平常的時候，學生聽到這個要求都會小聲抱怨。今天呢？大夥歡呼起來。

「為韋伯而戰！」

隔天早上，每個學生都交了家長同意簽條。當天晚上，喬許傳了訊息給凡妮莎。

喬許：三……

凡妮莎：二……

喬許：一！

喬許在鍵盤上按下了電子郵件的「送出」鍵。第一個送出鍵是寄第一封內容給盜版小偷，第二個送出鍵則是寄第二封電子郵件給他所有的聯絡人。

他收到了凡妮莎傳來的訊息。

凡妮莎：寄出去了！接下來呢？

喬許：我們等。

喬許關上筆記電腦，便上床睡覺了。他對自己說：**我已經做完所有自己想得到也能做到的事了！**

他不知道的是，有一個人也在努力做同樣的事情。

隔天早上，在尼克老師的課堂，米蓋爾一上課就宣布了一個大消息。

「昨天下午，我拍了一段影片談我們現在在做的事，然後上傳到我的 YouTube 頻道。我拿起我新買的《夏綠蒂的網》，談到了 E. B. 懷特，然後我……」

「米蓋爾，先等一下，」喬許插話：「尼克老師，可以讓米蓋爾把他的 YouTube 頻道放在白板上嗎？這樣我們就可以看到影片了。」

尼克老師點了頭，然後一步一步教米蓋爾怎麼操作，就跟他兩天前教喬許的方法一樣。就跟上次一樣，喬許很驚訝老師讓這一切看起來這麼容易。一會之後，白板上出現了米蓋爾笑嘻嘻的對著鏡頭。在他身後，有一隻迷你馬大小的黑色拉布拉多犬坐在一張椅子上，粗壯的身材幾乎擋住整張椅子。

嘿，大家好，又是我米蓋爾，從加州美麗的克拉拉遠景鎮跟你們打招呼。至於在我後面那位？牠叫做「看家神力犬」。我今天在這裡，是想要問問你們，能不能幫我和我的朋友們解決一個問題？

首先呢，我手上**這本**書沒有問題唷，書名叫做《夏綠蒂的網》，作者是E. B. 懷特，這本書**無敵好看**。我在八歲的時候就愛上了這本書，到現在還是很愛。這裡是一張作者E. B. 懷特坐在打字機前的照片，這老大在寫作上真的是超級天才。

你們有看到**這本書**叫《英文寫作聖經》嗎？這本書也沒有問題，它的重點在說如何寫出好文章。E. B. 懷特第一次知道這本書，是他在唸大學的時候；他的老師威廉·史傳克二世寫出這本書，很多年以後，了不起的E. B. 懷特研究了這本書，把自己的想法加進去，這就是為什麼他的名字也出現在封面上的原因。

現在，問題來了：我的英文老師用這本紙本書來教我們寫作，但是有時候電子書使用上比較方便，不是嗎？所以我從網路下載了一本《英文寫作聖經》的電子書，存在我的筆記電腦裡。但是你們現在仔細看看，這本電子書的**錯誤有一大堆呢！**有看到我用藍色塗起來的地方嗎？這些全都是錯誤，有**好幾百**個。會變成這個樣子，是因為這本電子書是**盜版**的。各位，這是違法的喔。順便警告一下，盜版的電子書有時候還會有病毒！幸好這一本沒有。但是想想看，如果有人偷走了你的書、你寫的文字，然後把它們變得很糟，糟到讓你想罵人呢？

因為這樣，我跟其他上英文課的同學決定寫一封電子郵件，要寄給那個盜版小偷，請他……不對，是**要求**他，立刻把這本電子書從網路上移除。我們希望每一個關心《夏綠蒂的網》及好文章的人加入我們，把這一封電子郵件寄出去。

神力犬——**你這壞狗**！哎呀，我要趕快去餵牠吃飯了，免得牠開始咬那張椅子。請關注我的頻道，看這封電子郵件寄出以後的後續發展，也不要忘記幫這支影片點讚，把它分享給你認識的每一個人！非常謝謝你們，下次見了！**下去，神力犬！**

當那隻拉布拉犬多跳上米蓋爾的筆記電腦那一刻，米蓋爾停止了錄影。教室裡不斷湧起了掌聲和笑聲。

米蓋爾滿臉通紅的說：「謝謝。對了，最棒的部分是我的 YouTube 頻道分析這裡。」

他用滑鼠把游標從鍵盤移到螢幕，點開了另一個螢幕，再點了一個叫總覽的製表鍵。

「我大概是在十五個小時以前放上這支影片的，觀看的次數已經超過了**七千**人次，還有，它也被分享了將近六千次！這是我的頻道裡**最多人**觀看的影片，至於分享的比率呢？**高到誇張**！我本來沒打算說它爆流量的……好吧，我就直說好了，就算這支影片沒有**爆紅**，這個訊息也一樣會吸引一**大堆**的眼球——**很多很多唷**！」

凡妮莎正想開口的時候，教室對講機傳來一聲噹的巨響，打斷了她。

「抱歉，尼克老師，我是歐圖加校長。您聽得見我的聲音嗎？」

「是的，我聽到了。」

「好的。抱歉打斷您上課，不過我有個緊急的問題。您最近有用學校的電子郵件帳號寄出一些關於一本盜版電子書的資訊嗎？」

全班的孩子都看著時鐘下方的擴音器，只有喬許例外。他注視著尼克老師。

「有，」他回答：「昨天我聯絡了一些同事。這是我們班上進行的研究專題的一部分，我們剛剛還在談這一個專題呢。」

接下來整整五秒鐘，喇叭只傳出嗯的一聲。喬許的眼睛還是緊盯著尼克老師的臉。

接著，歐圖加校長咳了一下，說：「我知道了。現在請先暫停那個研究專題，我最遲會在十分鐘內到您的教室去。」

所有在那安靜的時刻看著尼克老師的學生，都沒有看出任何異狀，不過喬許不是一般學生。他已經非常擅長觀察尼克老師的臉色，而他發現老師的臉上帶著一抹幾乎看不出來的微笑。

對講機被關上了，整個教室隨即充滿學生的輕聲細語。看來，在十分鐘或更短的時間之內就要發生某件大事了。

26 影片爆紅

歐圖加校長在三分鐘十二秒後快步走進了一一三號教室，喬許用手機記下了時間。

尼克老師站在自己桌子的左邊，而校長走進來後站到了桌子右邊。他先是朝尼克老師點個頭，再轉過來對全班學生點點頭，不過臉上沒有任何笑容。他們兩人看起來就像是準備要進行決鬥一樣。

「早安，尼克老師，還有同學們，早安。我要說的第一件事，是在這樣的情況下，通常我會先跟你們的老師私下討論；不過既然這跟你們班上的研究專題有關，那麼我也需要跟所有的學生談一談。我來這裡是因為有兩件事引起了我的注意。首先，學校祕書告訴我，她今天早上注意到一則消息。她在網路追蹤一位擁有五百萬追蹤者的小說家，而那消息是這個人發出來的。」

校長從口袋裡掏出一張紙，開始唸了出來：「一群來自加州克拉拉遠景中學的六年級學生需要你的幫助！」

歐圖加校長指了指尼克老師，說：「這貼文的下面附上您在學校的電子信箱，還附帶了一個影片的連結。」他眼睛瞥向白板，白板上還停留在米蓋爾和看家神力犬的畫面。校長的臉色變得很難看，他說：「準確的說，就是這支影片。」

米蓋爾抽了一口氣，說：「真的假的？有五百萬人知道我的 YouTube 頻道了？」他看起來像是隨時都會昏倒一樣。

校長沒理會他，而是轉過頭來面向尼克老師。「我才剛知道這消息沒多久，又接到學校電腦機房的卡佛先生打來的電話。他說，您在學校的電子信箱從昨晚九點到今天早上九點這段時間內，收到了超過一萬兩千封郵件，而現在每個小時收到的郵件都超過兩百封。他告訴我，我們的伺服器的空間可能不夠用，因此學校整個系統及所有網站隨時都可能當機。」

校長收起了紙條，轉頭注視著全班的學生。他說：「現在我在這裡告訴你們所有人，這一個研究專題到此為止。」

尼克老師繞過書桌，走到了校長身邊。他說：「歐圖加校長，謝謝您跟我們分享這些消息。喬許・魏立特和凡妮莎・艾姆斯是負責這個專題的學生領袖，因此應該由他們首先來回應。我全力支持他們。」

喬許原本之前正在做筆記，聽到這句話之後，手上的鉛筆滾落到紙張另一邊。他幾乎驚慌的先看向尼克老師，接著再轉頭看著校長。

歐圖加校長皺起眉頭，說：「尼克老師，您肯定沒聽懂我的意思。我沒有要你們跟我討論，我是在**命令**跟這一個研究專題有關的每個人，從現在開始就停止所有活動。」

尼克老師的臉上是不是出現了一抹微笑呀？喬許可沒忽略這一點，校長也沒有。現在，整個情況隨時都會變得更加惡劣了。

喬許大喊一聲：「歐圖加校長？」

他這一喊嚇到了每一個人，也包括喬許自己。

校長並沒有把目光從尼克老師的臉上移開，不過還是看了一下喬許，說：「嗯？什麼事？」

「呃……我只是在想，在你結束這個研究專題之前，你或許會想要多知道一點這個專題的內容。也許你可以先看一下那本電子書，自己親眼看看，就能體會為什麼我們會這麼生氣。」

在尼克老師點頭示意之下，米蓋爾切斷了跟白板的連結，喬許把自己的筆記電腦連接到白板。

他點開那一本盜版電子書，隨意翻到一頁。那一頁裡面所有的錯誤在大螢幕上看起來，簡直明顯得就像要跳出來一樣。

歐圖加校長一行一行的看完那一頁，嘴唇緊閉成一條線。他說：「這是圖書館裡面合法的電子書嗎？」

「不是的，校長，」喬許回答：「我是從網路上下載的。」

「我的也是。」凡妮莎大聲說著。

「我的也是。」其他學生跟著附和。

「不過我們現在用的是學校的版本了。」喬許加了這一句。

歐圖加校長沒有說話，整個教室變得十分安靜。接著一個響亮的打嗝聲破壞了這份安靜。校長先生瞪著眼睛看著教室四處，說：「**誰剛打嗝？現在**就說出來！」

米蓋爾站起來。「是我……只不過，也不是**真的**我啦。」他指了指他的筆記電腦，電腦畫面仍停留在他的 YouTube 頻道的數據分析頁面。「我在手機上設定提示音效，如果我的影片發生特殊的狀況就發出警告來提醒我。記得我為那本電子書拍的影片嗎？它真的爆紅啦！」

「**爆紅？**」歐圖加校長說：「你在說什麼啊？」

「這個嘛，如果你看這些觀看人數……等一下，我把它放到白板上，打開即時視窗好了。」米蓋爾再度控制了白板上的螢幕。他說：「好了，你看見右邊那些綠色的長條嗎？那是指過去這一小時以來，每分鐘有多少人看了我的影片；它每十秒會更新一次，因此在最右邊那條就是最新的情況；這個小狗正要變成**大恐龍**了，它正不斷的往**上升**——那速度簡直就是**怪物**等級呢！」

歐圖加校長看起來顯得相當洩氣，說出來的話幾乎是在吼叫。「告訴我，這到底是**什麼意思**？我根本就沒聽懂你說的任何一個字！」

尼克老師說：「抱歉，歐圖加校長，米蓋爾只不過是太興奮了。這個圖表顯示的是從它十五個小時前發布後被看過的次數。右邊的圖表才是重點。剛才過去的一個小時裡，已經有七萬人看過這支影片了。這道理很簡單：你要我們停止研究專題嗎？它已經不再屬於我們了。這些孩子都取得了家長同意，說出了某些需要改變的事實……而現在這些事情已經在外面到處流傳。沒有人擋得下來。我們可以看著事情會如何發展，但是沒辦法讓它放慢速度或倒轉。如果我是這間學校的校長，我會發布新聞稿，公開表揚這些聰明的學生是如何謹慎和勇敢的用自己的聲音，保護這世界不會被糟糕的文法破壞，他們表達了語言的重要性……以及想要消除所有盜版書的決心！」

喬許看著歐圖加校長的臉，認為他可能又要繼續大吼大叫了。

相反的，校長深吸了一口氣，說：「再讓我看一下那本電子書。還有，我也需要一本平裝書。」

凡妮莎舉起手，說：「校長，你可以用我的。」

她跳起來，把自己那一本《英文寫作聖經》及已經顯示出那本電子書的筆記電腦，一起拿給校長。

在歐圖加校長一頁一頁翻過電子書及那本平裝書的期間，整個教室安靜無聲。

幾分鐘之後，校長把兩樣東西還給了凡妮莎，並開口說想要看那些寄出去的電子郵件。尼克老師打開自己的電腦，讓校長看那兩封郵件的內容。

校長快速唸完，然後抬頭看著尼克老師，接著轉過身面對全班的學生。

「我要向你們道歉。當我急忙忙趕到這裡的時候，很顯然的，我並不清楚真正的情況。謝謝你們解釋了自己在做的事情，我想讓你們繼續把事情做完。現在先讓我離開，我得趕著去寫一份新聞稿；如果我需要任何協助的話，我知道哪裡可以找到幫手！」

凡妮莎跳起來，率先鼓掌。兩秒鐘之後，全班都站起來拍手歡呼。

歐圖加校長露出笑容，轉過來跟尼克老師握手，便離開了教室。等到校長關上門之後，米蓋爾的手機又發出了響亮的打嗝聲。

他的影片已經有八萬五千人次看過了。

27 新聞報導

「等一下，請讓我下車！」

校車司機從後照鏡看著喬許，搖搖頭，說：「**現在**回到位子上坐好！」

喬許急忙回到位子上，拿出他的手機，拍下一輛停在學校停車場的藍色小貨車，車身上面有一個很大的標誌：CBS 2 NEWS。

接著，喬許改變目標，快速拍下了三位朝前門走過去的人：一位穿著灰色套裝的女士、一位帶著一臺攝影機和三腳架的年輕女生，以及一位戴著道奇棒球帽的高個子男生，他一手拿著背包，另一手拿著一支大型麥克風。

喬許立刻傳了訊息給凡妮莎。

喬許：你還在學校嗎？

凡妮莎：在校車上了，怎麼了嗎？

喬許：CBS2電視臺的工作人員剛到學校。我離開停車場的時候看見了他們。

凡妮莎：酷耶！這麼說，我們今晚就等著看電視新聞了！

「喬許？新聞要開始了！」

喬許衝進起居室，在他母親身旁坐下來。

「這新聞和你那天晚上要我簽的同意回條有關嗎？」他的母親問道。

「可能有關唷。」喬許故作神祕的回答：「不過我只能說這麼多，不想要破壞這個驚喜。你不是老是說有耐心是一件好事，對嗎？」

「當你還是蘇菲這年紀的時候，我的日子可輕鬆多了。」

電視臺報導了一件飛機緊急降落、一輛消防車撞毀、四件不同的罪案、三件交通堵塞，以及六則巧遇名人的新聞，還要加上十二個被消音的廣告和凡妮莎傳來的三則訊息之後，喬許已經等到不耐煩了。

他再度讓電視靜音之後，說：「看新聞的時候都是這個樣子的嗎？」

「沒錯啊。」他的母親嘆了一口氣，說：「不管我們是在等什麼新聞，都很可能從現在到六點半之間的任何一刻播出來，甚至是明天早上，也有可能根本不會播出來。就算他們有題材，不代表他們就會播出來。」

「這樣很差勁耶。」喬許說。

等到坐在新聞主播檯上的女生說：「進一段廣告，之後有邦妮．卡林到克拉拉遠景中學進行的採訪。CBS2 五點新聞，不要轉臺唷。」喬許才恢復了電視的音量。

喬許的媽媽說：「我們的耐心總算有回報了。」

「沒錯，就是這個新聞！」說完，喬許又按了靜音鈕。

凡妮莎傳來的訊息讓喬許的手機響了起來，原來她是想要確定喬許有沒有守在電視機前；沒多久，換成米蓋爾傳訊息過來——他的影片已經超過十七萬人次的觀看，數字還在繼續上升。

廚房門這時候砰的打開，蘇菲小跑步進到起居室，喬許的父親雙手拿著盤子和披薩跟在後頭進來。「有沒有人肚子餓了呀？」

蘇菲直接伸手要拿遙控器。

「看**布麗**！看**布麗**！」

喬許把遙控器放到蘇菲拿不到的地方。他說：「不行，蘇菲，我們得先看其他的東西，然後才是《妙妙犬布麗》，但是你要先安靜下來才可以。」

喬許的父親拿給蘇菲一本繪本及一袋大樂高，時機也真剛好，因為廣告已經結束了，新聞主播們回到了位子上。

當下一段新聞開始的時候，喬許恢復電視的音量，咬了一大口的披薩。

「我是記者邦妮．卡林，現在在南加州市的克拉拉遠景中學報導。我旁邊這一位是雷曼．歐圖加校長，他在這間學校擔任校長已經二十四年了。歐圖加校長，據我所知，您學校裡有些學生發起了用電子郵件及 YouTube 影片來呼籲大家加入一個封殺……小偷的運動？我這樣說沒錯吧？」

歐圖加校長對她露出了微笑，說：「不完全是這樣，至少不是您以為的那種一般小偷。邦妮小姐，我們要封殺的是一個盜版小偷。有某個人在沒有得到作者同意的情況下，把電子書放到網路上。當然，這是完全違法的。」

此刻，校長滿臉微笑的面對著鏡頭。「我們學校的學生發現了一本錯誤百出的《英文寫作聖經》電子書，這是一本由威廉．史傳克二世和 E. B. 懷特寫出來的名著。學生們都非常氣憤，因此在他們的英文老師指導，以及所有家長的同意下，他們發起了讓這本電子書從網路上移除的要求。永遠的從網路上消失。」

他的語氣到這裡變得慎重起來。「如果你收到一封主旨是『為韋伯而戰』的電子郵件，我希望你們能留意這信件的內容……並支持這些學生。」

接下來的場景改變了，記者獨自站著面對鏡頭，一手拿著《英文寫作聖經》，另一隻手則是拿著《夏綠蒂的網》。喬許用手指著電視螢幕，說：「你們看，她站著的位置？那是尼克老師教室外面的走廊耶！」

蘇菲小聲說：「**安靜，不然沒有布麗**。」

「這本書叫做《英文寫作聖經》，也就是剛才歐圖加校長提到非常著名的教科書。寫出《夏綠蒂的網》的知名作家E. B. 懷特，在大學的時候上過這本書的作者威廉．史傳克二世的課。很多年以後，E. B. 懷特修訂了這本書，因此很多人現在把這書稱為『史傳克和懷特』。這麼多年下來，這本書已經賣出了一千萬本以上。

「我現在走進克拉拉遠景中學一間六年級教室，而這一位是艾倫．尼克老師。尼克老師，當您和您的英文課學生們開始這個讓一本電子書下架的運動時，您有預感這整件事會如此轟動嗎？」

「這從來就不是我們的目的，準確的說，這整件事是由我的學生發起的，尤其是其中兩位。他們認為一本談文法和好文章的書裡竟然錯誤百出，違反了書裡提到的規則，根本就是一件完全不對的事。因此他們決定要採取一些行動。」

「是的，我們的新聞臺絕對百分之百支持您和您的學生們。」

記者轉頭面對了鏡頭，說：「如果你們想要幫助這些學生，請看螢幕下方顯示的聯絡資訊。這是我們特地為了這個主題設立的熱線電話及電子信箱。」她又轉頭帶著笑容看著尼克老師，補充說明：「我們聽說貴校的電子郵件系統出了一些小狀況，因此決定挺身幫忙。」

「謝謝你。我的學生看到新聞報導出來，以及因為這條新聞而得到的支持，一定會非常興奮。」

「在我們離開之前，尼克老師，我可以問您一個問題嗎？」

「當然可以。」

「您以前的名字是不是叫做尼克．艾倫，而且住在新罕布夏州的西田鎮呢？」

當攝影鏡頭往尼克老師的臉移近特寫的時候，喬許整個身體往前傾。很顯然的，尼克老師完全沒有預料到自己會被問到這一個問題，不過他還是勉強露出了一個不自然的微笑。

「卡林小姐，我猜你已經知道這個問題的答案了。沒錯，我是在新罕布夏州的西田鎮長大的。我那時候的名字是尼克．艾倫。」

「很抱歉讓您嚇了一大跳，只是我不得不問這問題。我們電視臺的一位同事發現您改過名字，而這位年輕的女孩告訴我，您的本名跟一個她從來沒見過的字有些關聯，那個字是——」

「沒錯，」尼克老師慢慢點頭，說：「是 frindle。」

蘇菲的頭抬了起來。她指著電視，尖聲說：「分兜！」記者繼續說話時，蘇菲用兩隻手緊緊的蓋住嘴巴。

「但是尼克老師，我對 frindle 這個詞可**不陌生**喔。我以前在靠近芝加哥一間學校唸五年級的時候，我跟朋友發現自己可以用一個新的詞彙來取代『筆』這個字，因此我們**全部的人**就不再說『筆』這個字了。在那個時候，我沒有去想過 frindle 這個詞是從哪裡來的，或者是誰發明的，這也真的是最有趣的部分。那時候看起來像是我們自己發明了這單字，而且如果我們不用這個字的話，它就會死掉。事實上，frindle 真的成為真正的詞彙——一個屬於**我們的**詞彙。那個經驗對於我的童年有非常大的影響，直到今天，對我來說還是很有意義。光是在洛杉磯這一帶，很可能有上百萬的人會想和我一樣，對您說一聲：『謝謝您創造了 frindle』。」

這些祕密突然之間被公開了，喬許覺得尼克老師可能會很氣憤，至少也是很不高興。但是當攝影鏡頭再度朝他的臉特寫的時候，他的微笑裡有著滿滿的暖意。

「你不用客氣……只不過你的 frindle 體驗並不是光靠我一個人成功的。如果沒有我的五年級老師幫忙，你永遠都不會聽到這個詞彙。所以說，真的，我們兩個人都應該要謝謝**她**。」

「請問那位老師的名字是……？」

「羅蕾萊．葛蘭潔老師。」

28 計謀

喬許忍不住發抖著。他坐在車子副駕駛座上，把暖氣再調高些溫度，不過他知道自己全身發冷的原因，不光只是因為這十月天的早晨非常涼。

一個小時之前，他覺得自己早一點到學校找尼克老師談談，似乎是個很棒的點子。不過喬許現在反倒希望自己還待在家裡等校車——或者更棒的情況是，假裝生病留在家裡不去學校。

當車子停下來等綠燈的時候，喬許的母親說：「親愛的，你在那電視訪問上看到他的表情了——我很確定他沒有在生你的氣。讓那本電子書從網路上消失是一件好事，而某個記者自己深入調查尼克老師的生活，不是你的錯。而且根據昨天晚上你告訴我們的每一件事來看，我覺得尼克老師或許會很高興所有的事終於攤開來了。」

「沒錯，他或許會這麼想吧。」

雖然喬許這麼回答，心裡還是感覺很難受。是誰主導要把筆記電腦帶進尼克老師的課堂上？是誰下載了那本盜版的電子書？又是誰開始大力推動要讓這本書消失？全都是他自己。如果他沒有做出這些事情，就不會有人去採訪尼克老師。都是因為他，毀掉了尼克老師非常努力保護的隱私。

昨天晚上，電視播出尼克老師接受採訪的畫面才結束沒幾秒，喬許的手機就被訊息塞爆了。

第一封訊息來自凡妮莎，接下來就是其他大約五十個孩子傳來的訊息。喬許不得不關機，才能夠專心回答爸媽問自己的一連串問題。

喬許一一解釋了所有的事情，從 Frindle 祕密檔案開始，到尼克老師交代他們的手寫回家作業，再到盜版電子書等等的事情經過。喬許也告訴了父母親，他跟凡妮莎為何決定不要把尼克老師的祕密告訴其他人的過程；因此當喬許看到尼克老師接受採訪的最後那部分，才會感到如此驚訝。

喬許的母親把車子開進了學校的車道，然後停在主要入口處旁邊。

「我一直想要問你，你跟我借的 frindle 還在你那裡嗎？」

「沒有，我放回去了。」

「那就好，在這一切事情發生之前，它對我來說已經是很特別的東西。現在我感覺frindle更加特別了。好了，不要擔心。今天在學校要開心，好嗎？兒子，我愛你。」

「媽，我也愛你，謝謝你載我上學。」

喬許走進校園時，離校車抵達學校還有十分鐘，因此他得趕緊去老師的辦公室。他在走廊上走著，心裡不斷想著：**我今天真應該待在家裡的**。既然他整個晚上到將近午夜十二點都睡不著，因此假裝自己今天感覺很不舒服，應該是小事一件。

他繞過轉角，走進六年級教室走廊的時候，差一點被凡妮莎絆倒。她坐在地板上，用背包靠著置物櫃。

凡妮莎抬頭看著他，說：「看看是誰終於出現了呀？」

「你怎麼會在這裡？」

「我的直覺告訴我，你會提早到學校……還有啊，我爸收到了一個訊息，是你媽傳給他的。」

「噢——了不起。你們根本就是擔心我，才想出這個計謀吧。」

凡妮莎笑了一笑，說：「我比較喜歡把它稱為『支援小組參與計畫』。」

喬許皺眉瞪著她，不過事實上，他很高興見到凡妮莎。他們兩個人一起進教室的話，跟尼克老師講話就會覺得容易很多。

凡妮莎站起來，說：「好了，下一站，一一三號教室，對嗎？」

「沒錯。」

兩人在長長的走廊上走著，經過了傅莎若老師的教室，沒有誰開口說話。接著他們走到最後一個轉角時，凡妮莎開口說：「我就陪你走到這裡了。」

「**什麼？**不對啊，你也應該一起進去呀。」

「不用了。Frindle 祕密檔案是存在你的筆記電腦裡面，不是我的。你就進去跟他談談吧。」

「但是萬一他在過去的十二個小時裡，把所有事情都想通了，然後現在決定把某個人的頭扭斷呢？」

「他不是那樣的人啦，你知道的。就只是跟他談一談。」

「好吧，不過你很快就會進來，對吧？」

「**算是吧**。我會待在圖書館。」

凡妮莎轉身，走過轉角去另一邊了，喬許聽著她的腳步聲愈來愈輕，愈來愈遠。他仍然站在原處，直到聽不到任何聲音為止。

她不會回來啦，他們兩個人都知道這一點。

喬許轉過身，深吸一口氣，強迫自己走完最後三十七步，抵達一一三號教室，他一邊走，一邊數……接著，他強迫自己打開教室的門。

29 缺少的拼圖

喬許把頭伸進教室裡的同時，敲了敲門。「尼克老師？早安。」

「嘿——喬許，進來吧，門不用關。我還在想今天會不會有時間找你說話呢。我很確定你和凡妮莎看到了新聞報導——你們兩個贏得光榮的勝利呢！看起來在『為韋伯而戰』運動的背後，真有一股巨大的力量支持你們！」

喬許說：「嗯，米蓋爾的貢獻比較大，還有你寄出的電子郵件也幫了忙。謝謝你。」他走到尼克老師的書桌旁，繼續說：「可是那本盜版電子書還是留在網路上。」

尼克老師點點頭，說：「這個嘛，進步不一定總是馬上發生，給它一點時間吧。」

喬許不曉得該怎麼開口說 frindle 的事。他覺得自己的呼吸異常快速，現在只想說：「好了，只是想再跟你說聲謝謝，再見！」然後就衝出這裡。

不過喬許深吸了一口氣，讓自己鼓足勇氣。只要他可以開口，或許就能找到方法，為自己給尼克老師帶來這麼多的麻煩而道歉。

「呃……凡妮莎非常想要知道你為什麼要改名字。」

尼克老師笑了起來，問：「就跟你上一次非常想要知道夏威夷襯衫的事情一樣嗎？」

喬許很心虛的低下頭，他回答：「事實上，我的確是很想知道那件事。」

「嗯，改名字的原因其實沒有多複雜。我已經厭倦被人看作是『那個創造出一個新詞的孩子』。就算是在大學裡面，知道這件事的人也希望我能夠再做出什麼了不起的事。因此我在麻薩諸塞大學讀完第一年之後，就把姓名前後換過來，然後轉學到三千里外的學校，之後我的生活改善了很多。我也盡可能的遠離網路，完全避開社交媒體。我花了很多時間和心力，才把 frindle 的狂熱現象和自己的生活分開來，不過這樣對我來說很值得。」

喬許不是很懂**為什麼**尼克老師不想讓別人知道他是誰，但是他看得出來老師是很坦誠的說出這些話。「當那位記者把關於 frindle 和你改了姓名的事情全部說出來之後，我以為你會氣壞了，但是你看起來一點都不覺得懊惱。這是為什麼呢？」

尼克老師聳聳肩，回答：「我想，我自己從一開始就知道，這些事情不可能永遠被掩蓋住。我之前一直試著讓自己遠離人們的視線，但就算如此，**任何事情**一旦被放上了網路，就不可能被人遺忘。只是早晚的問題罷了。」

「再說，」他繼續說著：「我為 frindle 感到自豪。我都已經忘了自己以前是這麼認為的呢。」

喬許慢慢點著頭，試著把所有的片段拼湊起來。「賀南芝老師有提過，你曾經私下教過她寫程式。你大學畢業之後那些年就是在做這件事嗎？」

「不是，我是到很久以後才教人寫程式的。學校畢業之後，我在一間大型軟體公司找到了工作。我沒辦法告訴你是哪一間公司，因為我負責的案子屬於絕對機密。」

他安靜了一會，沉浸在回憶裡。

喬許也沒有出聲。他心想：

難怪我在網路上怎麼就是找不到任何跟他有關的線索。他遠離這個世界，而且那間軟體公司也不准他談論自己的工作！

一會之後，喬許開口：「但是如果你有屬於最高機密的軟體設計工作，又怎麼會在我們這裡教英文呢？」

尼克老師伸手拿了桌子上的字典，打開封面。喬許看見那上面有三或四張紙，尼克老師抽出其中一張，攤開來，再交給他。

「我昨天晚上在電視提到的那位老師給了我這張紙，你把它唸出來吧。」

「要大聲唸出來嗎？」

「好啊。」

那封信是用飄逸的字體寫出來的，用藍色的墨水，寫得很工整。喬許唸了出來。

二〇一三年，一月十八日

新罕布夏州　西田鎮

親愛的尼克：

收到你寄來的信真令人開心和驚喜。我偶爾會在五金行遇見你的父親，他都會不斷告訴我，你在科技業獲得的成就。

我很遺憾，你在那行業的工作並不如你自己希望的開心。或許你擔任程式設計家教老師的新工作，會證明這對你來說較為合適。我必須老實說，當你描述你一些學生在練習基本的寫作技巧感到很痛苦的狀況時，我並不感到驚訝。或許你可以開一堂課叫做

「電腦巫師的文法寫作課」。當然了，這是玩笑話；但是說真的，知道如何把一個句子寫好，可以讓人在寫任何東西的時候更為得心應手，這當然也包括了電腦程式設計。

我很少對以前的學生這麼說，不過我相信你可以成為一個非常優秀的中學英文老師。你有耐心、幽默感、勇氣及自律的能力，而年紀還輕的孩子們總是會丟出一堆挑戰，讓人的生活充滿活力並與時俱進。教書是一種很了不起的生活方式，也是為人服務的謙遜使命。它不會讓你去懷疑自己有沒有好好充分利用時間。想想，自己能夠幫助其他人，尤其是年輕人，讓他們可以在人生的路上往前邁進，沒有誰能夠渴求比這個更崇高的人生目的了。這份工作也許很耗費精神，但是也會讓人感到特別的滿足。對我來說，尤其是如此。

你的父親也告訴我，你和珍妮．費斯克去年六月結婚了。我要獻給你們兩人我最誠摯的祝福！下一次你回到西田鎮的時候，一定要到我家來，我們可以吃些放學後的點心。哈哈！

我知道你在人生的任何新冒險中都會過得很好，也希望你有空的時候，可以寫封信給我——我猜，要空閒下來幾乎是不可能的事吧。

祝你一切順心

喬許抬頭看著尼克老師，說：「哇——原來你接受了她的建議！」

「這個嘛，我也不是馬上就做了決定。不過我在當地的中學義務指導學生，也喜歡那個工作。然後……我現在在這裡了。」

「可是如果你那時候那麼喜歡科技和寫程式之類的事情，我不懂你為什麼在課堂上從來就不用筆記電腦。」

有那麼一刻，尼克老師的邪惡之眼出現了，讓喬許以為老師準備把自己踢出教室；不過那表情很快消失了，尼克老師嘆了口氣。

「如果可以的話，我會把你和你朋友手中的所有電腦螢幕沒收至少三年。我在這裡試著教你們寫出好文章，而要寫出好文章，必須有清楚的思路，當孩子分心時，思路是不可能清楚的。我非常清楚電腦螢幕只會令人分心，甚至沉迷，因為我認識很多生產這些裝置的人；他們是故意這麼設計的，這樣子他們才能夠持續賺進好幾十億的錢。」

尼克老師搖頭，繼續說：「這些人都試著讓**自己的**孩子盡可能到大一點的年齡才接觸電腦螢幕。這樣說，你應該明白其中的道理了吧！」他深吸一口氣，對喬許笑了笑，說：「抱歉，這是我**第二次**針對筆記電腦的事情，對你說了重話。整件事情實在很……很複雜。」

喬許外套口袋裡的手機發出了震動的聲音，他們兩人都聽見了。喬許吞了吞口水，說：「我可以看一下手機嗎？我想那是凡妮莎傳來的。她在圖書館。」

「當然，你先看訊息吧。」

喬許看了訊息，大聲笑了出來，對尼克老師說：「她想知道frindle有沒有讓你賺到大錢。她這裡還寫說：『問他是在哪裡學會跳舞的……』」

30 謎底揭曉

尼克老師聽到凡妮莎的訊息，噗哧大笑出來。他伸出一隻手，說：「借我一下，我來回覆她。」

我是尼克老師！我有深愛的妻子及一個健康乖巧的女兒。我們有安全的地方可以住，擁有親切的親戚和朋友，以及食物和衣服等所有生活必需品。我每一天都可以跟聰明的孩子和認真教學的老師一起相處。所有這一切，讓我知道自己是世界上最富有的人之一！你現在知道我有多麼幸運了，所以，你能怪我三不五時就忍不住跳起舞來嗎？

凡妮莎傳回來的訊息只有三個字：讚爆了！

喬許和尼克老師再度笑起來，接著手機又震動起來。

喬許說：「她還想知道……」

尼克老師打斷他的話：「**不用說了**！告訴她到這裡來吧！」

喬許送出訊息之後，第一堂課的鈴聲響了，這表示四分鐘之後學生們就會出現在六年級教室的走廊上。

也不過才幾秒的時間，喬許聽到了急促的腳步聲——凡妮莎肯定是一路衝過來的！結果走進教室的人卻是柯爾曼老師。

「糟糕！我不知道您在忙。」

尼克老師說：「不要緊的。請問有什麼事嗎？」

「我只是想說，我**愛死了**你接受採訪的報導，我也**很興奮的**要告訴你，我是 frindle 的超級鐵粉，我和我朋友們那時候把我們老師都搞瘋了！待會見！」

然後她又急忙回到走廊去了。

尼克老師露出笑容，閉上眼睛假裝自己在沉思，低聲說著：「冷靜、冷靜、冷靜。」

一會之後，他睜開眼睛，對喬許眨眨眼，說：「我想自己又必須習慣這些事情了，不過風潮很快就會過去——希望如此。」

凡妮莎出現了，滿臉通紅，還不停喘著氣。

「凡妮莎，你先坐下來喘口氣吧。」

凡妮莎坐了下來，但也迫不及待發問：「尼克老師，你為什麼這麼喜歡《英文寫作聖經》呢？」

「你如果想要寫出像是**Python**或**Java**等等好的程式設計，就必須學到所有的用途，以及正確的句法和規則。想要精通這些東西，就得要仔細研究好的例子和壞的例子，然後你才能夠開始去探索自己的想法。《英文寫作聖經》的架構跟這些是一**模一樣**的——我能夠完全弄懂這本書，都得要感謝我在中學唸書時的兩位老師。」

喬許聽到遠方有人關上置物櫃門的聲音，接著響起了另一聲。如果他要向尼克老師誠心的道歉，現在就得開口。

「我今天提早來上學的主要原因，是要說我真的很……」

「喬許，請等我一下，我剛想到了一樣東西。」

尼克老師站起來，走到教室後面的書櫃。他抓起一本書，再走回到書桌旁，舉高讓喬許看清楚。

「《永遠的狄家？》」喬許說道：「這本書是要做什麼？」

「我要送你的書。我想，你應該還沒有讀過這本書。你應該要讀的，這故事相當精采。收下吧。」他把書遞給喬許，說：「這是我謝謝你的禮物。」

「我……我不懂。」

「你唸一下上面的題字。」

喬許用拇指翻到了書名頁，唸出一段手寫的字：

送給X：

他選擇做對的事情。

衷心感謝

Y

喬許大眼瞪著尼克老師，然後把書交給凡妮莎。

「還有，」尼克老師說：「你也應該收下這個。」

他把手伸進工裝褲的口袋裡，接著把喬許自製的 frindle 筆還給他。

「等等……你從一開始就**知道**……是我把這枝筆留給你的？**怎麼可能？**」

「我每天上課前都會站在什麼地方？」

「走廊上啊。」

「沒錯，你現在到走廊上站著，再告訴我，我是如何可以從我的位子上，看到誰拿著那枝 frindle 的。」

喬許站起來，走出了教室門。

「嗯……你是從轉角的地方偷偷瞄，看到我的？」

「不對。我那天早上正在跟韓特說話。」

「是有人看見了我，然後告訴你？」

「也不對。我也沒有隱藏式攝影機喔。我現在揮我的右手——你注意到什麼了嗎？」

一個閃現的動作吸引了喬許的眼睛，整個謎團解開了。

喬許帶著微笑走回到他的座位上，他非常肯定尼克老師比外表看起來還要聰明**好幾百倍**。

喬許說：「你把教室的門打開著，門上面的窗戶就跟鏡子一樣，所以你可以從那上面看到我！」

「答對了！」

「但是你又怎麼會知道**我**就是Z呢？」凡妮莎問道。

尼克老師對她微笑著。「我分辨得出來。隨著一天天過去，我很佩服你們兩人沒有公開我的祕密。」

凡妮莎說：「我們有幾次差一點要說出來了，尤其是我。你那一次因為那本爛到不行的電子書，對喬許說了那些重話，讓我非常生氣。」

「我知道，」尼克老師說：「我看到你臉上的表情。」接著他又說：「現在，輪到**我**問一個問題。**frindy** 這單字是誰想出來的？」

凡妮莎伸手指了一指，說：「都是喬許的點子喔。那你會知道如何消滅 frindy，全是因為你以前的老師曾經想阻止 frindle 流傳而犯下了錯誤，對嗎？」

尼克老師搖頭，說：「葛蘭潔老師一直到很多年以後才告訴我這件事，不過她並沒有犯下任何錯誤，而且她那時候也沒有生氣。她**想要**維持 frindle 的熱潮，這就是為什麼她持續跟學生對抗的原因。事實上，我那一天並沒有想要讓 frindy 這個詞消失。我那天會教一大堆的文法，純粹是因為覺得好玩。」

「喔，」喬許說：「我不知道是這樣。」他差一點就要說，**或許搞笑真的不是你的強項……**不過他忍住了這個衝動。還有，喬許知道自己快沒有時間了。他真的需要對老師說另一件事情，一件嚴重許多的事情。

「我還是覺得，如果我沒有想盡辦法要在你的課堂使用筆記電腦的話，就不會有人來採訪你，也就沒有那篇新聞報導了；偏偏我還想了各種辦法要下架那本電子書……」

「不，」尼克老師對他說：「事實是，你無意間發現了一件事，然後告訴了一**個**好朋友。你們兩個保守著祕密沒有說出去，即使在我們發生了激烈的爭論之後依然如此。我為你們兩個感到非常的驕傲。」他停下來，對他們兩個微笑。接著，他抬頭看了一下時鐘，說：「我的導師班學生一分鐘後就要進教室了，你們還有什麼其他細節需要知道的嗎？……例如 Frindle 祕密檔案？」

喬許的眼睛又瞪大了，這一次他連嘴巴都張開了。

「你也知道**那件事**？」

尼克老師咯咯笑了出來。「你第一次把你的筆記電腦連接到白板的時候，我就注意到那個資料夾了。在你點進電子郵件的內容之前，螢幕上短暫顯示了你的電腦桌面。」

「我有最後一個問題，」凡妮莎說：「你會把真正的名字換回來嗎？」

「不會，我的妻子和女兒的姓氏也是用尼克，因此要改的話會很麻煩。艾倫．尼克或是尼克．艾倫，沒有太大的分別。再說，所有的文字都是被創造出來的，不是嗎？因此誰能說一個名字要比另外一個名字更真實呢？」

喬許笑了幾聲，不過還是感到不太自在。他說：「雖然你對這一切事情表現得超級平靜溫和，可是我仍然覺得很難過，現在又有一堆人注意到你了。你不會很討厭這樣嗎？」

尼克老師安靜了一會，目光從喬許看向凡妮莎，再看回喬許身上。

「我的祕密被公開的方式，要比我設想的各種方式好很多。事實上，我現在不像以前那麼在意別人怎麼看我，我覺得這表示自己終於開始成熟了。而當我**真正**成熟的時候呢？我**只希望**能跟你們兩個一樣棒！」

31 檔案中最後的資料

接下來幾個星期，喬許小心的觀察尼克老師，發現他那天在上課之前說的話都是真的。尼克老師對於自己突然受到的大量關注，似乎一點都不覺得困擾。

也由於他接受了第一次電視臺訪問，一大堆其他節目及 Podcast，像是《吉米．法倫今夜秀》和《早安美國》等等，都有邀請尼克老師上節目，不過他全推掉了。可惜他的拒絕沒有多大幫助，因為他拒絕成名和宣傳等等行為，創造出更大的新聞故事。

尼克老師最後只接受一家媒體的訪談——他參加了米蓋爾的 YouTube 頻道。那則影片在第一個星期就吸引了三百五十萬人次觀看。

尼克老師和 frindle 帶來的關注人潮，也出現了意料之外的結果：全國書店及網路書店中，只要作者是 E. B. 懷特的書都常常缺貨，尤其是那本薄薄的《英文寫作聖經》。

這一波活動的浪潮，讓喬許忙著不斷更新Frindle祕密檔案的內容。他設定每日鬧鐘，提醒自己上網搜尋**frindle**、**尼克‧艾倫**和**艾倫‧尼克**等關鍵字，總是會搜尋到新的資料。尼克老師手邊有新資訊時，也會跟他分享。在每天都有一大堆資訊的情況下，喬許請凡妮莎幫他決定哪些資料應該放入檔案裡。

他們最後同意下面這些是他們最喜歡的新資訊：

‧一封梅里安—韋伯斯特公司寄給尼克老師的電子郵件。內容敘述登入他們線上字典查詢 frindle 這個詞彙的人數，最近創下了連續七天登上「最多人查詢」的新紀錄。

‧一張《紐約時報》非文學類暢銷書的螢幕截圖。內容顯示《英文寫作聖經》排在第三名。

‧一封 frindle 系列商品業務經理巴德‧羅倫斯寄給尼克老師的電子郵件。內容說明世界各地購買 frindle 商品的訂單及船運都增加得很誇張，這些國家包括了美國、義大利、日本、德國、南韓、中國、蘇俄、波蘭及土耳其。大筆訂單的項目包括了T恤、棒球帽及馬克杯，上面都是尼克‧艾倫高舉著 frindle 的照片。

‧一封兩位退休中學老師寄給尼克‧艾倫的信。他們說自己以前在授課班級上使用

《英文寫作聖經》作為教科書，很感謝尼克・艾倫讓他們以身為英文老師感到光榮。

・一封小說家史蒂芬・金寄給尼克老師和他的學生的電子郵件。他恭喜他們為了讓那本盜版電子書從網路消失所做的所有努力。史蒂芬・金先生就是那位把關於他們「為韋伯而戰」運動的內容，寄給他線上五百一十萬追蹤者的神祕人。

・一則米蓋爾在CNN新聞中看到的報導。內容是關於由於爆量的顧客要求購買夏威夷襯衫，使得襯衫零售業者根本忙不過來。

到了一月中的時候，克拉拉遠景中學的校園生活已經平靜許多，喬許覺得 Frindle 祕密檔案已經完成了。至少在目前看來是如此。

喬許、凡妮莎，以及他們所有的朋友都明顯感覺到，尼克老師比以往更喜愛自己的工作，因為他跳那些滑稽舞步的時間更加頻繁。他也很滿意學生們在參考《英文寫作聖經》的時候更加用心；更讓他開心的是，他看到學生在寫作技能上持續進步著。

喬許也非常確定，學習更仔細的思考和書寫，能夠幫助他寫出更好的 Python 程式語言——就跟葛蘭潔老師之前預測的一樣。

不過最棒的是，他有一天試著點開那本電子書的連結時，螢幕出現了這一行訊息：

404錯誤：找不到檔案（Error 404: File Not Found）

同時間，尼克老師也修改了上課規定。學生現在可以使用《英文寫作聖經》的紙本書，或是學校允許的合法電子書。這一年剩下的時間裡，只有少數幾位學生把筆記電腦舉高，讓老師看見。

不過喬許・魏立特可不在其中唷。

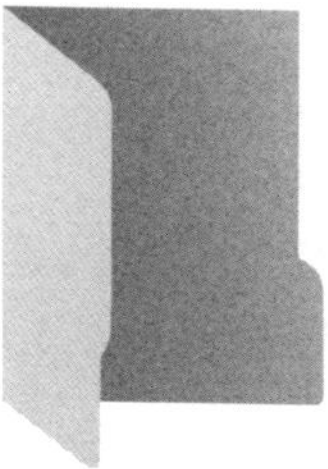

Frindle 祕密檔案

在知道 frindle 的事情之後，我收集了一大堆的資料。

翻到下一頁就可以看到我發現的更多證據……

寫作風格要點

一、把自己融入敘述情境之中。

二、以適合自己的方式書寫。

三、以合適的格式書寫。

四、用名詞和動詞書寫。

五、重視校正和修改。

六、不要拖泥帶水。

七、不要誇大渲染。

八、避免使用修飾語。

九、不要刻意的輕鬆活潑。

十、使用普遍接受的字彙拼法。

十一、不要過度解釋。

二進位是一種只用兩種選擇來呈現資訊的方式，例如：是／不是、對／錯、開／關，或是 1／0。電腦利用二進位來傳送和儲存所有資訊，二進位也就是讓你可以和電腦螢幕互動的原因。

（就跟每個好的程式設計一樣，它也可以用來傳送真實生活中的祕密訊息⋯⋯）

親愛的艾倫先生：

　　許久沒聯絡了，Frindle 企業公司問候您。我們很高興告訴您，這一季在我們線上 Frindle 商店的商品訂單有顯著的成長。我們要開始生產幾樣商品，除了核心商品 Frindle 筆之外，還包括了馬克杯、棒球帽及 T 恤。

　　訂單含括了國內及國外的市場，您可以在隨信附上的近期銷售報告當中看到。如果有什麼需要我們為您做的事，請不要客氣。我們很珍惜您這樣信任我們的合作關係。

　　祝一切順心

巴德．羅倫斯

親愛的尼克：

在這麼多年之後再度聽到你的名字實在太驚喜了！更令人開心的是，知道你成為了一名老師，而且據我所聽到的，還是一個非常棒的老師！我、愛黛兒和蘇立刻打給對方暢談跟你有關的回憶。根據我們所記得的，你們那一班特別活潑呢！

愛黛兒五年前退休了，蘇這一個夏天也退休了，不過我們每個月還是會找一天一起吃午餐。說實在的，我們每一年都還是在課堂上使用《英文寫作聖經》，因此看到你延續我們的傳統，感覺格外的開心。像你這樣的學生讓我們覺得自己投身於教師的工作，是一件很驕傲的事。

如果你有機會回到這裡，請告訴我們——很歡迎你跟我們一起共進午餐。

獻上溫暖的祝福

蘇珊

【導讀】多麼「frindy」的故事啊！

清華大學客座助理教授
林玫伶

距離《我們叫它粉靈豆—Frindle》原文版首次出版已經過了二十七年，安德魯·克萊門斯再次帶給讀者驚喜，推出了令人期待的續作《粉靈豆祕密檔案》。對於熱愛「粉靈豆」的書迷，這無疑是一大盛事。

這次的主角喬許·魏立特是一名六年級學生，他對電腦程式設計充滿熱情，尤其擅長以二進位邏輯（0和1）來思考與解決問題。不論是學校課業還是個人專案，他總能輕鬆搞定並享受創造的樂趣。然而，喬許在學校裡遇到了一位特立獨行的英文老師尼克·艾倫，這位老師堅持使用印刷書本、紙筆書寫，也是全校唯一不讓學生在課堂上使用筆電的老師，他甚至拒絕使用智慧白板，認為只靠有輪子的黑板就已足夠。

隨著日常課堂的展開，喬許無意間發現了一個驚人的祕密——原來，尼克老師正是當年為「pen」創造新字「frindle」的十一歲天才學生，在當時蔚然成風的掀起一股熱潮，喬許的媽媽（也包括我這個大讀者）見證了那一場學習革命，但他在大學後卻消失了八年，後來連名字都改了，當了老師後也沒人知道他的往事！這項發現激發了喬許的好奇心，他與同學走進了一段探索與反思的旅程。他們試圖揭開尼克老師過去的故事，並挑戰是否能在現今數位時代重現當年的「粉靈豆熱潮」，步步進攻老師的城池之地；但事件發展卻變得不一樣，吸引讀者不斷追尋真相。

在這場師生交鋒的過程中，有如高手過招，既鬥智又抗衡。有趣的是，深信0和1的組合能解決許多問題的喬許，也逐漸意識到光靠二分法無法反映世界的面貌，還有各式各樣的「也許」、「可能」。我特別喜歡書中提到「謹慎而勇敢的表達意見」，這正是本書反覆歌頌的青春之歌。

故事中有個清楚的議題，涉及了紙本與數位閱讀的衝突、合法與非法下載的爭議，以及觀望與行動之間的選擇。隨著情節的推進，讀者不僅能反思文字的力量，還能進一步思考書本的意義、螢幕閱讀與數位傳播的利弊得失。

全書情節緊湊、高潮迭起，帶給讀者無盡的驚喜與啟發，讓人欲罷不能的追到最後，歡暢淋漓。當最後一頁翻過時，我們忍不住為這部作品喝采：「好看、有意思、有道理！」然而也免不了感嘆：「這是克萊門斯的最後作品了。」讓我們珍惜這份屬於讀者的禮物，享受如此「frindy」的故事，並從中領略青春的勇氣與創意的無限可能！

【推薦文】成長小說的最高端境界

「小學生都看什麼書」版主
Tey Cheng

最初讓孩子與我迷上安德魯・克萊門斯作品的就是《我們叫它粉靈豆—Frindle》，緊湊的劇情和出乎意料的發展讓人不忍釋手，非一口氣讀完不可。

孩子被裡面的少年主角挑戰老師權威的勇氣吸引，也為最後的勝利感到興奮，我則是被書裡大人不著痕跡的引導所感動。

想不到時隔多年，竟然還有機會讀到續集，原先的少年易位成了老師的角色，要面對新一代孩子的挑戰，這設定實在太過癮了。

我一直很推薦大孩子讀「安德魯・克萊門斯成長小說」，是因為這系列都很正能量，每一集都會有一個小朋友常會面臨的成長議題，例如校園流行、賺錢花錢、霸凌、同儕間微妙的友誼，讓小讀者有很深的代入感，能站在主角的視角一同思考這些問題。

只講故事，不講大道理，是我認為成長小說最高端的境界。

【推薦文】從孩子的視角，展開不同觀點

「地方爸爸與他的小幫手們」版主
王昭棠

多年前，我與大女兒一同喜歡上安德魯．克萊門斯的校園小說系列，其中最印象深刻的是《我們叫它粉靈豆—Frindle》，用幽默風趣的筆調，呈現一場由孩子啟動、意料之外的語言革命。

而這故事的原文版在經過二十七年後，很幸運的我們，竟能讀到作者生前最後所創作的續作《粉靈豆祕密檔案》。

在作品與現實中，時間一樣瞬流而過，學校中孩子所接觸的，從《我們叫它粉靈豆—Frindle》中一筆一畫的用筆書寫，到現在《粉靈豆祕密檔案》裡的3C工具的運用，而當年與老師抗爭的學生主角尼克，在續集中竟然成為了一個老師，一個一樣有著嚴格課堂要求的老師！

在不同的時代中，老師和孩子們一樣都有著自己的想法，以及不妥協的意志，然而，在安德魯．克萊門斯的筆下，卻總能用著輕鬆且不說教的方式，從孩子視角的故事敘述，

去展開不同的觀點。

在孩子與世界對抗的過程中，我們得以看見他們自我成長的軌跡，最終再次呈現了《粉靈豆祕密檔案》這樣精采的故事。

【推薦文】

超越二分法的冒險旅程

李家雯（海蒂）（諮商心理師）

數位橫行的年代，一個熱衷數位與科技的少年喬許，對上一位堅持古老教學方式的尼克老師，他們彷彿站在了世界天平的兩端，從翻開書本之際就嗅到了些許煙硝氣息。

傳統與創新，究竟誰對誰錯？誰好誰壞？其實這根本就不是絕對二分法的問題。原本只是想爭回自己的「螢幕時間」的喬許，意外闖入關於尼克老師的未知謎團。從對抗到理解，從任性妄為的戰鬥到與老師同盟，攜手面對未知，閱讀的過程中，讀者跟著喬許一起體驗，原來這段旅程不僅是一場少年冒險，更是一次關於「別輕易下定論」的智慧增長。透過作者生動易讀的筆法，加上緊張又扣人心弦的故事線，讓兩個本不該是二元對立的思辨點，在書中不再是你死我活的對決，而是充滿趣味與智慧性的對話。

緊張、曲折，卻又溫暖人心，一翻開就欲罷不能。在字裡行間，跟著主角一起抽絲剝繭，也一層層剝開世代間的誤解與偏見。其實，人生本就是如此，沒有誰是完全正確的，也沒有誰是徹底錯誤的——重要的是保持好奇，保持開放。

讀著屬於孩子的故事，我也重回了自己曾有的少年時代的奇幻冒險。而當我闔上書的那刻，心中一股溫暖緩緩湧出。那是因著理解而獲得的清晰感，一種來自超越簡易二分法、掙脫過往成見框架，獲得重新「明白」的滿足與感動。

【推薦文】

世代之間對話的良方

「繪本小情歌」版主
汪仁雅

米蘭．昆德拉曾說：「小說不是人類自白，而是對人類生活的整體考察。」小說賦予我們更寬闊的視野、理解差異的可能。在《粉靈豆祕密檔案》中，運用淺白而精準的文字，討論傳統與3C世代的承繼與創新、電子書的利弊及對紙本書的眷戀，透過尼克老師與喬許的交鋒和對照，與《夏綠蒂的網》和大自然大螢幕再次相遇。

尼克從一開始只有是非對錯二分，到慢慢理解而通透，生命自身的展現是一場連續而變化的歷程，其中的價值與意義自然被一一凸顯。安德魯．克萊門斯敏銳的抓住世代之間對話的迫切，這本小說就是一帖良方。

小說節奏明快，計謀的周延與進退攻防，用對話來進行思辨與釐清，善用小說「藏」的技巧，關於尼克老師的諸多謎團都留到最後揭曉，讀來欲罷不能。

「靠自己的力量讓一件事情成真，做出了改變。」相信孩子理解與實踐的能力，自己去發現與解決問題，這也是粉靈豆校園小說系列之所以雋永的最佳註腳。

【推薦文】寫下完美的句點

閱讀推廣人、國小教師
林怡辰

深耕閱讀領域的師長對「粉靈豆」這三個字一定不陌生吧？安德魯．克萊門斯的長銷系列，陪伴了多少孩子進入少年小說的世界，既新穎又具有巧思，讓人深陷其中，依舊是經典，而《粉靈豆祕密檔案》就是唯一且最後的續集。一翻開，就讓人捨不得放下，竟然有如此珍貴傑出的續集。

使用電腦工作的孩子，對老師執意要用手寫繳交作業感到不滿，無意間發現老師竟然是以前對抗權威的事件主角！到底，老師背後藏著什麼祕密？又該怎麼發起抗爭，讓老師不要古板堅持？電腦、平板、駭客、下載、沉迷網路的孩子、老師和學生的角色、語言和文字的力量、觀點抗爭……我只能說，《粉靈豆祕密檔案》像藝術品似的處理這些複雜嚴肅議題，成為安德魯．克萊門斯系列完美的句點，儼然是經典等級，請勿讓孩子錯過！

【推薦文】穿越十六年時空的精采故事

基隆市銘傳國中閱讀推動教師
林季儒

十六年前引起國中小校園轟動、一直到現在都還是圖書館熱門借閱排行榜上常客的「粉靈豆」，在作者安德魯·克萊門斯溫暖、有趣卻依然能引領著年輕讀者深思的全新故事軸線下，又重回到孩子們的手上了。

全書從最能引起孩子共鳴的討厭作業就開始令人欲罷不能。作者巧妙的帶著都是「數位原住民」的年輕讀者和主角喬許用同一視角去悄悄揭開尼克老師極度抗拒數位工具的祕密，並在真相一步步浮現的過程中，漸漸發現尊重和同理的重要與文字和語言的真諦，甚至能在犯錯之後，勇敢直面自己的錯誤，和夥伴們善用自己的數位優勢積極尋求補救，並解決了問題！

這穿越十六年時空的精采故事，帶給新舊讀者絕佳的閱讀體驗。就像熱衷二分法思維的主角喬許所說的，絕對不可能有「也許」。這本書一定是今年孩子們最期待的作品！

【推薦文】
長大之後的粉靈豆老師

花蓮縣閱讀推動教師協同召集人
許慧貞

《我們叫它粉靈豆—Frindle》中古靈精怪的尼克，是很吸引我的五年級學生，幾乎每回聊完這本書，我的學生總迫不及待的想認識他，並且被他逗得很樂。

有一天，我們班要拍合照，小孩們覺得他們才不要拍那種「西瓜甜不甜」的普通照片，於是有人靈光一閃的拿起原子筆，大家馬上心有靈犀，紛紛也拿出筆來，興沖沖的學著尼克對著鏡頭大喊：「Frindle!」然後開心的笑得東倒西歪，好像他們也跟著書裡的小孩一起完成一件壯舉似的！

而今，尼克長大了，就在《粉靈豆祕密檔案》裡；他甚至成為老師，成為他當年革命的對象，他會不會換了位置，就換了腦袋呢？

謝謝安德魯．克萊門斯一直為我們記掛著尼克。

在克萊門斯的遺作《粉靈豆祕密檔案》中，透過長大了的尼克老師，帶領大家一起思考：來到數位時代，孩子對ＡＩ、３Ｃ的普遍運用，與傳統的閱讀和文字書寫之間，該如何更加有效並達到善意的平衡？

尼克老師依然叛逆，而一個叛逆的老師會是什麼樣子呢？翻開書本吧，尼克老師肯定不准我透漏答案的，你得自己找！

【推薦文】

透過故事，讓智慧的果實萌發

資深兒童文學工作者 黃筱茵

《粉靈豆祕密檔案》慧黠的疊合了當代孩子每天的生活都與資訊科技無縫接軌的現實情境，與作者將印在紙本書上的每個字都捧在心上，細細思索審視的強烈信念，創造出一個巧妙的謎題。

故事引領讀者們一步步去解開謎團，同時也帶領讀者省思文字與書寫的初衷和價值，並找到3C媒介的新力量。

全書讀來最過癮的地方，莫過於所有重要情節的轉折與解開謎題的關鍵，都落在青少年主角喬許與他的好友（們）身上。我們看見喬許先是不滿老師（看似）獨斷、不合時宜的規定，想要挑戰老師，繼而在蒐集情報、思考對抗戰略的過程中，慢慢釐清各種事情的前因後果與來龍去脈。

這整個過程讓我們發現，不同的想法與疑問，不代表魯莽或不成熟，只要善加思辨，就能夠使更多智慧的果實萌發，甚至更進一步，促成更大的社群正向連鎖效應與轉變。

成人們經常怪罪青少年，說他們鎮日沉浸在網路無邊無際的世界裡，而這部作品讓我們更細膩的考量箇中原委，也再次體會到網路社群無遠弗屆的影響，以及青少年理念與行動連結的爆發力。

【推薦文】一場精采的教育實驗

文字工作者 諶淑婷

十六年前，《我們叫它粉靈豆—Frindle》在臺灣出版，給了我們嶄新的「校園故事」風格，那輕快幽默的筆法，一次又一次揭開校園師生對立不安的局面。在節奏明快的情節轉折中，作者安德魯．克萊門斯讓我們化身為孩子，一起對大人設定的規定提出質疑，我們邊讀邊笑，但內心一本正經，隨著字字句句用力碰撞教育界無法逃避的問題。

誰能想到，克萊門斯送給讀者的最後一本作品又回到「粉靈豆」？兒童嬉戲、刻意挑戰、不怕受罰；教師堅持、錯愕，卻又懂得以教育為本，平視孩子，理解孩子的想法和行為方式，給予引導和啟發。

結果自然是讓人意想不到，畢竟我們參與了一場精采的教育實驗。

當然作為讀者，你也可以完全不考慮這些，甚至不知道克萊門斯任何作品（但有點可惜），只是單純從《粉靈豆祕密檔案》裡，因為「一個謎團與一個祕密」，得到無比的閱讀樂趣，然後後悔現在才認識他！

【推薦文】

看見科技與人文結合的可能

「檸檬的家」粉絲頁版主
檸檬

故事從一個熱愛寫程式的男孩喬許發現「老古板」英文老師的祕密開始。

有趣的是，這位堅持手寫作業、禁止課堂使用電腦的老師，居然曾經是個程式設計高手，還因為發明「粉靈豆」這個詞而紅遍全國！為什麼他要隱藏這段過去？又為何如此堅持傳統教學？

這些謎團推動著故事前進，在 ChatGPT 能夠寫出完美作文的時代，我們該如何定義真正的學習？創新工具與傳統方法之間，是否一定存在著鴻溝？作者沒有給出標準答案，而是透過一個十二歲男孩的視角，讓我們看見科技與人文結合的可能。就像喬許在追查真相的過程中發現，寫作與程式設計其實殊途同歸——都在追求思維的清晰與表達的精準。

或許，新與舊、傳統與創新之間，從來就不是非黑即白的選擇。

【推薦文】現代孩子必讀！經典故事裡的流量密碼

親職溝通作家與講師
羅怡君

祕密、串聯、爆紅。

反抗、覺醒、改變。

十六年前，第一本《我們叫它粉靈豆—Frindle》和這本最新《粉靈豆祕密檔案》，作者驚人的跨越時空，透視事件的本質，提取經典元素，鋪陳青少年成長必經的「英雄之路」，不論時空如何轉換，人性面臨的誘惑與考驗始終不變。

第一本故事主角也隨著時間長大成為大人，當他面對新世代學生的挑戰與質疑，他會與當年啟發他的老師採取同樣策略嗎？

但真正令人敬佩的，是作者將看似對立的元素，例如：文字與電腦程式、書寫與數位表達……，重新解構並勾勒出相通的意義；新舊不再互斥，我們也無須落入二元思維。不落俗套的情節，暗藏對經典文化的致意，也不忘應用科技與自媒體，展現一位真正智者的通透思考。

《粉靈豆祕密檔案》是作者最後遺作，故事外執筆不斷的他，何嘗不是那位引導著我們找出答案的人生導師呢？

謝謝他留給我們的故事遺產，謝謝這個世界曾經擁有安德魯、克萊門斯！

安德魯・克萊門斯 ㉕

粉靈豆祕密檔案

The Frindle Files

文／安德魯・克萊門斯　譯／劉嘉路　圖／唐壽南

主編／林孜懃　封面設計／唐壽南
行銷企劃／鍾曼靈　出版一部總編輯暨總監／王明雪

發行人／王榮文
出版發行／遠流出版事業股份有限公司　104005臺北市中山北路一段11號13樓
電話：（02）2571-0297　傳真：（02）2571-0197　郵撥：0189456-1
著作權顧問／蕭雄淋律師
輸出印刷／中原造像股份有限公司
□2025年2月1日　初版一刷

定價／新臺幣350元（缺頁或破損的書，請寄回更換）

ISBN 978-626-418-101-3
YL ib 遠流博識網 http://www.ylib.com　E-mail:ylib@ylib.com

國家圖書館出版品預行編目（CIP）資料

粉靈豆祕密檔案／安德魯・克萊門斯（Andrew Clements）著；劉嘉路譯. -- 初版. -- 臺北市：遠流出版事業股份有限公司, 2025.02
面；　公分. --（安德魯・克萊門斯；25）
譯自：The frindle files.
ISBN 978-626-418-101-3（平裝）

874.596　　113020427